语文新课标名家选
YUWENXINKEBIAOMINGJIAXUAN
U0602600

语文新课标名家选

雷雨·日出

曹禺/著

紧扣课标·精心批注·无障碍阅读

LEIYURICHU

让孩子阅读属于自己的经典，为孩子引读适合他们的名著

一本好书，就是一轮太阳，灿烂千阳，照耀成长

阅读的孩子，前途无可估量

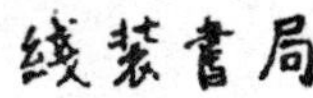

图书在版编目(CIP)数据

雷雨·日出／曹禺著. —北京：线装书局，
2010.6
（语文新课标名家选）
ISBN 978－7－5120－0186－2

Ⅰ.①雷… Ⅱ.①曹… Ⅲ.①话剧—剧本—作品集—
中国—现代 Ⅳ.①I234

中国版本图书馆 CIP 数据核字(2010)第 100563 号

雷雨·日出

著　　者：曹　禺
责任编辑：赵安民　孙嘉镇
排　　版：燕　顺
出版发行：线装书局
　　　　　地　址：北京市西城区鼓楼西大街 41 号(100009)
　　　　　电　话：010－64045283　64041012
　　　　　网　址：www.xzhbc.com
经　　销：新华书店
印　　刷：北京龙跃印务有限公司
开　　本：710mm×1000mm　1/16
印　　张：13
字　　数：187 千字
版　　次：2010 年 6 月第 1 版　2014 年 1 月第 2 次印刷
印　　数：5001－7000

定　　价：24.80 元

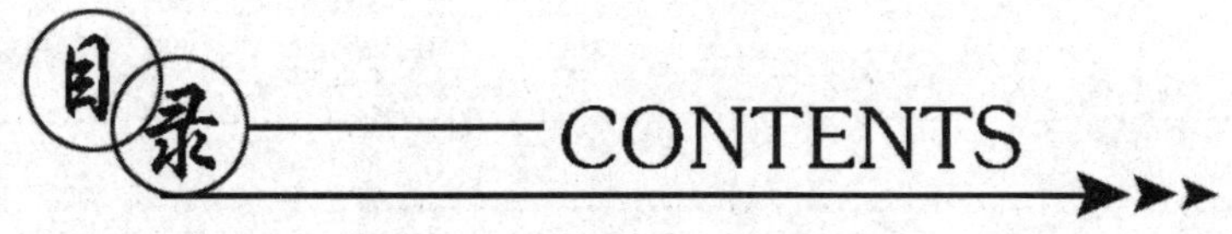

日出（节选）

导 读

本书为话剧《雷雨》和《日出》的合集。

《雷雨》写于1933年。剧本所反映的时代，大约是从1894年到1924年这段时间。《雷雨》的情节线索是一张由血缘亲人关系结成的错综复杂的网。其中3条主要情节线索都反映着深刻的社会矛盾和斗争：一条是由周朴园同蘩漪的矛盾构成的线索，反映着封建势力的禁锢压迫和资产阶级对爱情、家庭的民主要求的斗争；一条是由鲁侍萍、四凤等同周朴园的矛盾构成的线索，反映着被侮辱、被损害的下层人民同剥削阶级势力的斗争；一条是由鲁大海同周朴园的矛盾构成的线索，反映着工人阶级同剥削阶级的斗争。剧本是以蘩漪和周朴园的矛盾冲突作为中心线索的。但是，我们只有把这3条矛盾线索溶为一体，从整体上把握剧本错综复杂的纠葛，才能全面地理解《雷雨》现实主义的丰厚内涵。

《日出》以陈白露和方达生为中心，把社会各阶层各色人等的生活展现在观众面前，揭露剥削制度“损不足以奉有余”的本质。在艺术创作上，作者采用横断面的描写，力求写出社会生活的真实面貌，因而《日出》具有纪实性特点。

知识链接

一、作者简介

曹禺（1910～1996），剧作家、戏剧教育家。本名万家宝，字小石。祖籍湖北潜江。1910 年 9 月 24 日生于天津。1928 年入南开大学政治系。1936 年 8 月始在国立戏剧专科学校教授戏剧。先后曾任中央戏剧学院副院长、北京人民艺术剧院院长、中国文学艺术界联合会执行主席等。

二、作品评价

《雷雨》以其杰出的现实主义艺术，描写了一个带有浓厚封建色彩的资产阶级家庭的腐朽和崩溃，深刻地反映了“五四”前后三十年间中国社会的某些侧面。它以特有的透视力和剖析力，展示了畸形的具有强烈封建性的资产阶级的罪恶，从家庭的残酷和腐败透露出那畸形的社会制度必然崩溃的消息。

《日出》以其鲜明的时代性和深广的历史内容成为曹禺先生的代表作，在中国话剧史上也有着极其重要的地位。

人　物

姑奶奶甲（教堂尼姑）

姑奶奶乙

姊姊——十五岁。

弟弟——十二岁。

周朴园——某煤矿公司董事长，五十五岁。

周蘩漪——其妻，三十五岁。

周萍——其前妻生子，年二十八。

周冲——蘩漪生子，年十七。

鲁贵——周宅仆人，年四十八。

鲁侍萍——其妻，某校女佣，年四十七。

鲁大海——侍萍前夫之子，煤矿工人，年二十七。

鲁四凤——鲁贵与侍萍之女，年十八，周宅使女。

周宅仆人等：仆人甲，仆人乙……老仆。

景

序　幕　在教堂附属医院的一间特别客厅内。

——冬天的一个下午。

第一幕　十年前，一个夏天，郁热的早晨。

——周公馆的客厅内（即序幕的客厅，景与前大致相同）。

第二幕　景同前。

——当天的下午。

第三幕　在鲁家，一个小套间。

——当天夜晚十时许。

第四幕　周家的客厅（与第一幕同）。

——当天半夜两点钟。

尾　声　又回到十年后，一个冬天的下午。

——景同序幕。

（由第一幕至第四幕为时仅一天）

序　幕

景——一间宽大的客厅。冬天，下午三点钟，在某教堂附设医院内。

屋中间是两扇棕色的门，通外面；门身很笨重，上面雕着半西洋化的旧花纹，门前垂着满是斑点，褪色的厚帷幔，深紫色的；织成的图案已经脱了线，中间有一块已经破了一个洞。右边——左右以台上演员为准——有一扇门，通着现在的病房。门面的漆已蚀了去。金黄的铜门钮放着暗涩的光，配起那高而宽，有黄花纹的灰门框，和门上凹凸不平，古式的西洋木饰，令人猜想这屋子的前主多半是中国的老留学生，回国后又富贵过一时的。这门前也挂着一条半旧，深紫的绒幔，半拉开，破成碎条的幔角拖在地上。左边也开一道门，两扇的，通着外间饭厅，由那里可以直通楼上，或者从饭厅走出外面，这两扇门较中间的还华丽，颜色更深老；偶尔有人穿过，它好沉重地在门轨上转动，会发着一种久磨擦的滑声，像一个经过多少事故，很沉默，很温和的老人。这前面，没有帷幔，门上脱落，残蚀的轮廓同漆饰都很明显。靠中间门的右面，墙凹进去如一个神像的壁龛，凹进去的空隙是棱角形的，划着半圆。壁龛的上大半满嵌着细狭而高长的法国窗户，每棱角一扇长窗，很玲珑的；下面只是一块较地板略起的半圆平面，可以放着东西，可以坐；这前面整个地遮上一面有折纹的厚绒垂幔，拉拢了，壁龛可以完全掩盖上，看不见窗户同阳光，屋子里阴沉沉的，有些气闷。开幕时，这帷幕是关上的。

墙的颜色是深褐，年久失修，暗得褪了色。屋内所有的陈设都很富丽，但现在都呈现着衰败的景色。——右墙近前是一个壁炉，沿炉嵌着长方的大理石，正前面镶着星形彩色的石块；壁炉上面没有一件陈设，空空地，只悬着一个钉在十字架上的耶稣。现在壁炉里燃着煤火，火焰熊熊地，照着炉前的一张旧圈椅，映出一片红光，这样，一丝丝的温暖，使这古老的房屋还有一些生气。壁炉旁边搁放一个粗制的煤斗同木柴。右边门左侧，挂一张画轴；再左，近后方，墙角抹成三四尺的平面，倚的那里，斜放着一个半人高的旧式紫檀小衣柜，柜门的角上都包着铜片。柜上放着一个暖水壶，两只白饭碗，都搁在旧黄铜盘上。柜前铺一张长方的小地毯；在上面，和柜平行的，放一条很矮的紫檀长几，以前大概是用来摆设瓷器、古董一类的精巧的小东西，现在堆着一叠叠的雪白桌布，白床单等物，刚洗好，还没有放进衣柜去。在正面，柜与壁龛中间立一只圆凳。壁龛之左（中门的右面），是一只长方的红木菜桌。上面放着两个旧烛台，墙上是张大而旧的古油画，中门左面立一只有玻璃的精巧的紫檀柜。里面原为放古董，但现在是空空的，这柜前有一条狭长的矮凳。离左墙角不远，与角成九十度，斜放着一个宽大深色的沙发，沙发后是只长桌，前面是一条短几，都没有放着东西。沙发左面立一个黄色的站灯，左墙靠墙略凹进，与左后墙成一直角。凹进处有一只茶几，墙上低悬一张小油画。茶几旁，再略向前才是左边通饭厅的门。屋子中间有一张地毯。上面对放着，但是略斜地，两张大沙发；中间是个圆桌，铺着白桌布。

〔开幕时，外面远处有钟声。教堂内合唱颂主歌同大风琴声，最好是 Bach：High Mass in B Minor Benedictus qui venait Domini Nomini——屋内寂静无人。

〔移时，中间门沉重地缓缓推开，姑奶奶甲（寺院尼姑）进来，她的服饰如在天主教堂里常见的尼姑一样，头束着雪白布巾，蓬起来像荷兰乡姑，穿一套深蓝的粗布制袍，衣袍几乎拖在地面。她胸前悬着一个十字架，腰间悬一串钥匙，走起路来铿铿地响着。她安静地走进来，脸上很平和的。她转过身子向着门外。

姑　甲　（和蔼地）请进来吧。

〔一位苍白的老年人走进来，穿着很考究的旧皮大衣。进门脱下帽子，头发斑白，眼睛沉静而忧郁，他的下颏有苍白的短须，脸上满是皱纹。他戴着一副金边眼镜，进门后，也取下来，放在眼镜盒内，手有些颤。他搓弄一下子，衰弱地咳嗽两声。外面乐声止。

姑　甲　（微笑）外面冷得很！

老　人　（点头）嗯——（关心地）她现在还好么？

姑　甲　（同情地）好。

老　人　（沉默一时，指着头）她这儿呢？

姑　甲　（怜悯地）那——还是那样。（低低地叹一口气）

老　人　（沉静地）我想也是不容易治的。

姑　甲　（矜怜地）您先坐一坐，暖和一下，再看她吧。

老　人　（摇头）不。（走向右边病房）

姑　甲　（走向前）您走错了，这屋子是鲁奶奶的病房。您的太太在楼上呢。

老　人　（停住，失神地）我——我知道，（指着右边病房）我现在可以看看她么？

姑　甲　（和气地）我不知道。鲁奶奶的病房是另一位姑奶奶管，我看您先到楼上看看，回头再来看这位老太太好不好？

老　人　（迷惘地）嗯，也好。

姑　甲　您跟我上楼吧。

〔姑甲领着老人进左面的饭厅下。

〔屋内静一时。外面有脚步声。姑乙领两个小孩进。姑乙除了年轻些，比较活泼些，一切都与姑甲相同。进来的小孩是姊弟，都穿着冬天的新衣服，脸色都红得像个苹果，整个是胖圆圆的。姊姊有十五岁，梳两个小辫，在背后摆着；弟弟戴上一顶红绒帽。两个都高兴地走进来，二人在一起，姊姊是较沉着些。走进来的时节姊姊在前面。

姑　乙　（和悦地）进来，弟弟。（弟弟进来望着姊姊，两个人只呵手）外头冷，是吧。姐姐，你跟弟弟在这儿坐一坐好不好？

姊　姊　（微笑）嗯。

弟　弟　（拉着姊姊的手，窃语）姐姐，妈呢？

姑　乙　你妈看完病就来，弟弟坐在这儿暖和一下，好吧？

〔弟弟的眼望姊姊。

姊　姊　（很懂事地）弟弟，这儿我来过，就坐这儿吧，我给你讲笑话。

〔弟弟好奇地四面看。

姑　乙　（有兴趣地望着他们）对了，叫姐姐给你讲笑话，（指着火）坐在火旁边讲，两个人一块儿。

弟　弟　不，我要坐这个小凳子！（指中门左柜前的小矮凳）

姑　乙　（和气地）也好，你们就坐这儿。可是（小声地）弟弟，你得乖乖地坐着，不要闹！楼上有病人——（指右边病房）这旁边也有病人。

姊姊
弟弟　（很乖地点头）嗯。

弟　弟　（忽然，向姑乙）我妈就回来吧？

姑　乙　对了，就来。你们坐下，（姊弟二人共坐矮凳上，望着姑乙）不要动！（望着他们）我先进去，就来。

〔姊弟点头，姑乙进右边病房，下。

〔弟弟忽然站起来。

弟　弟　（向姊）她是谁？为什么穿这样衣服？

姊　姊　（很世故地）尼姑，在医院看护病人的。弟弟，你坐下。

弟　弟　（不理她）姐姐，你看，你看！（自傲地）你看妈给我买的新手套。

姊　姊　（瞧不起地）看见了，你坐坐吧。（拉弟弟坐下，二人又很规矩地坐着）

〔姑甲由左边厅进。直向右角衣柜走去，没看见屋内的人。

弟　弟　（又站起，低声，向姊）又一个，姐姐！

姊　姊　（低声）嘘！别说话。（又拉弟弟坐下）

〔姑甲打开右面的衣柜，将长几上的白床单，白桌布等物一叠叠放在衣柜里。

〔姑乙由右边病房进。见姑甲，二人沉静地点一点头，姑乙助姑甲放置洗物。

姑　乙　（向姑甲，简截地）完了？

姑　甲　（不明白）谁？

姑　乙　（明快地，指楼上）楼上的。

姑　甲　（怜悯地）完了，她现在又睡着了。

姑　乙　（好奇地询问）没有打人么？

姑　甲　没有，就是大笑了一场，把玻璃又打破了。

姑　乙　（呼出一口气）那还好。

姑　甲　（向姑乙）她呢？

姑　乙　你说楼下的？（指右面病房）她总是那样，哭的时候多，不说话，我来了一年，没听见过她说一句话。

弟　弟　（低声，急促地）姐姐，你给我讲笑话。

姊　姊　（低声）不，弟弟，听她们说话。

姑　甲　（怜悯地）可怜，她在这儿九年了，比楼上的只晚了一年，可是两个人都没有好。——（欣喜地）对了，刚才楼上的周先生来了。

姑　乙　（奇怪地）怎么？

姑　甲　今天是旧年腊月三十。

姑　乙　（惊讶地）哦，今天三十？——那么今天楼下的也会出来，到这房子里来。

姑　甲　怎么，她也出来？

姑　乙　嗯，（多话地）每到腊月三十，楼下的就会出来，到这屋子里；在这窗户前面站着。

姑　甲　干什么？

姑　乙　大概是望她儿子回来吧，她的儿子十年前一天晚上跑了，就没有回来。可怜，她的丈夫也不在了——（低声地）听说就在周先生家里当差，——一天晚上喝酒喝得太多，死了的。

姑　甲　（自己以为明白地）所以周先生每次来看他太太来，总要问一问楼下的。——我想，过一会儿周先生会下楼来见她来的。

姑　乙　（虔诚地）圣母保佑他。（又放洗物）

弟　弟　（低声，请求）姐姐，你给我就讲半个笑话好不好？

姊　姊　（听着有兴趣，忙摇头，压迫地，低声）弟弟！

姑　乙　（又想起一段）奇怪，周家有这么好的房子，为什么卖给医院呢？

姑　甲　（沉静地）不大清楚。——听说这屋子有一天夜里连男带女死过三个人。

姑　乙　（惊讶）真的？

姑　甲　嗯。

姑　乙　（自然想到）那么周先生为什么偏把有病的太太放在楼上，不把她搬出去呢？

姑　甲　说是呢，不过他太太就在这楼上发的神经病，她自己说什么也不肯搬出去。

姑　乙　哦。

〔弟弟忽然站起。

弟　弟　（抗议地，高声）姐姐，我不爱听这个。

姊　姊　（劝止他，低声）好弟弟。

弟　弟　（命令地，更高声）不，姐姐，我要你给我讲笑话！

〔姑甲、姑乙回头望他们。

姑　甲　（惊奇地）这是谁的孩子？我进来，没有看见他们。

姑　乙　一位看病的太太的，我领他们进来坐一坐。

姑　甲　（小心地）别把他们放在这儿。——万一把他们吓着。

姑　乙　没有地方；外头冷，医院都满了。

姑　甲　我看你还是找他们的妈来吧。万一楼上的跑下来，说不定吓坏了他们！

姑　乙　（顺从地）也好。（向姊弟，他们两个都瞪着眼望着她们）姐姐，你们在这儿好好地再等一下，我就找你们的妈来。

姊　姊　（有礼地）好，谢谢你！

〔姑乙由中门出。

弟　弟　（怀着希望）姐姐，妈就来么？

姊　姊　（还在怪他）嗯。

弟　弟　（高兴地）妈来了！我们就回家。（拍掌）回家吃年饭。

姊　姊　弟弟，不要闹，坐下。（推弟弟坐）

姑　甲　（关上柜门向姊弟）弟弟，你同姐姐安安静静地坐一会儿，我上楼去了。

〔姑甲由左面饭厅下。

弟　弟　（忽然发生兴趣，立起）姐姐，她干什么去了？

姊　姊　（觉得这是不值一问的问题）自然是找楼上的去了。

弟　弟　（急切地）谁是楼上的？

姊　姊　（低声）一个疯子。

弟　弟　（直觉地臆断）男的吧？

姊　姊　（肯定地）不，女的——一个有钱的太太。

弟　弟　（忽然）楼下的呢？

姊　姊　（也肯定地）也是一个疯子。——（知道弟弟会愈问愈多）你不要再问了。

弟　弟　（好奇地）姐姐，刚才他们说这屋子死过三个人。

姊　姊　（心虚地）嗯——弟弟，我给你讲笑话吧！有一年，一个国王——

弟　弟　（已引上兴趣）不，你给我讲讲这三个人怎么会死的？这三个人是谁？

姊　姊　（胆怯）我不知道。

弟　弟　（不信，伶俐地）嗯！——你知道，你不愿意告诉我。

姊　姊　（不得已地）你别在这屋子里问，这屋子闹鬼。

〔楼上忽然有乱摔东西的声音，铁链声，足步声，女人狂笑，怪叫声。

弟　弟　（略惧）你听！

姊　姊　（拉着弟弟手紧紧地）弟弟！（姊弟抬头，紧张地望着天花板）

〔声止。

弟　弟　（安定下来，很明白地）姐姐，这一定是楼上的！

姊　姊　（害怕）我们走吧。

弟　弟　（倔强）不，你不告诉我这屋子怎么死了三个人，我不走。

姊　姊　你不要闹，回头妈知道打你！

弟　弟　（不在乎地）嗯！

〔右边门开，一位头发斑白的老妇人颤巍巍地走进来，在屋中停一停，眼睛像是瞎了。慢吞吞地踱到窗前，由帷幔隙中望一望，又踱至台上，像是谛听什么似的。姊弟都紧张地望着她。

弟　弟　（平常的声音）这是谁？

姊　姊　（低声）嘘！别说话。她是疯子。

弟　弟　（低声，秘密地）这大概是楼下的。

姊　姊　（声颤）我，我不知道。（老妇人躯干无力，渐向下倒）弟弟，你看，她向下倒。

弟　弟　（胆大地）我们拉她一把。

姊　姊　不，你别去！

〔老妇人突然歪下去，侧面跪倒在舞台中。台渐暗，外面远处合唱声又起。

弟　弟　（拉姊向前，看老太婆）姐姐，你告诉我，这屋子是怎么回事？这些疯子干什么？

姊　姊　（惧怕地）不，你问她，（指老妇人）她知道。

弟　弟　（催促地）不，姐姐，你告诉我，这屋子怎么死了三个人，这三个人是谁？

姊　姊　（急迫地）我告诉你问她呢，她一定都知道！

〔老妇人渐渐倒在地下，舞台全暗，听见远处合唱弥撒和大风琴声。

〔弟弟声：（很清楚地）姐姐，你去问她。

〔姊姊声：（低声）不，你问她，（幕落）你问她！

〔大弥撒声。

第一幕

开幕时舞台全黑，隔十秒钟，渐明。

景——大致和序幕相同，但是全屋的气象是比较华丽的。这是十年前一个夏天的上午，在周宅的客厅里。

壁龛的帷幔还是深掩着，里面放着艳丽的盆花。中间的门开着，隔一层铁纱门，从纱门望出去，花园的树木绿荫荫的，并且听见蝉在叫。右边的衣服柜，铺上一张黄桌布，上面放着许多小巧的摆饰，最显明的是一张旧相片，很不调和地和这些精致东西放在一起。柜前面狭长的矮几，放着华贵的烟具同一些零碎物件。右边炉上有一个钟同鲜花盆，墙上，挂一幅油画。炉前有两把圈椅，背朝着墙。中间靠左的玻璃柜放满了古玩，前面的小矮凳有绿花的椅垫，左角的长沙发还不旧，上面放着三、四个缎制的厚垫子。沙发前的矮几排置烟具等物，台中两个小沙发同圆桌都很华丽，圆桌上放着吕宋烟盒和扇子。

所有的帷幕都是崭新的，一切都是兴旺的气象，屋里家具非常洁净，有金属的地方都放着光彩。屋中很气闷，郁热逼人，空气低压着。外面没有阳光，天空灰暗，是将要落暴雨的神气。

〔开幕时，四凤在靠中墙的长方桌旁，背着观众滤药，她不时地摇着一把蒲扇，一面在揩汗。鲁贵（她的父亲）在沙发旁擦着矮几上零碎的银家具，很吃力地；额上冒着汗珠。

〔四凤约有十七八岁，脸上红润，是个健康的少女。她整个的身体都很发育，手很白很大，走起路来，过于发育的乳房很显明地在衣服底下颤动着。她穿一件旧的白纺绸上衣，粗山东绸的裤子，一双略旧的布鞋。她全身都非常整洁，举动虽然很活泼，因为经过两年在周家的训练，她说话很大方，很爽快，却很有分寸。她的一双大而有长睫毛的水灵灵的眼睛能够很灵敏地转动，也能敛一敛眉头，很庄严地注视着。她有大的嘴，嘴唇自然红艳艳的，很宽，很厚，当着她笑的时候，牙齿整齐地露出来，嘴旁也显着一对笑涡。然而她面部整个轮廓是很庄重地显露着诚恳。她的面色不十分白，天气热，鼻尖微微有点汗，她时时用手绢揩着。她很爱笑，她知道自己是好看的，但是她现在皱着眉头。

〔她的父亲——鲁贵——约莫有四十多岁的样子，神气萎缩，最令人注目的是粗而乱的眉毛同肿眼皮。他的嘴唇，松弛地垂下来，和他眼下凹进去的黑圈，都表示着极端的肉欲放纵。他的身体较胖，面上的肌肉宽弛地不肯动，但是总能很卑贱地谄笑着，和许多大家的仆人一样。他很懂事，尤其是很懂礼节。他的背略有点伛偻，似乎永远欠着身子向他的主人答应着“是”。他的眼睛锐利，常常贪婪地窥视着，如一只狼；他很能计算的。虽然这样，他的胆量不算大；全部看去，他还是萎缩的。他穿的虽然华丽，但是不整齐的。现在他用一条抹布擦着东西，脚下是他刚刷好的黄皮鞋。时而，他用自己的衣襟揩脸上的油汗。

鲁　贵　（喘着气）四凤！

鲁四凤　（只做不听见，依然滤她的汤药）

鲁　贵　四凤！

鲁四凤　（看了她的父亲一眼）喝，真热。（走向右边的衣柜旁，寻一把芭蕉扇，又走回中间的茶几旁扇着）

鲁　贵　（望着她，停下工作）四凤，你听见了没有？

鲁四凤　（烦厌地，冷冷地看着她的父亲）是！爸！干什么？

鲁　贵　我问你听见我刚才说的话了么？

鲁四凤　都知道了。

鲁　贵　（一向是这样被女儿看待的，只好是抗议似地）妈的，这孩子！

鲁四凤　（回过头来，脸正向观众）您少说闲话吧！（挥扇，嘘出一口气）呵！

天气这样闷热，回头多半下雨。（忽然）老爷出门穿的皮鞋，您擦好了没有？（到鲁贵面前，拿起一只皮鞋不经意地笑着）这是您擦的！这么随随便便抹了两下，——老爷的脾气您可知道。

鲁　贵　（一把抢过鞋来）我的事用不着你管。（将鞋扔在地上）四凤，你听着，我再跟你说一遍，回头见着你妈，别忘了把新衣服都拿出来给她瞧瞧。

鲁四凤　（不耐烦地）听见了。

鲁　贵　（自傲地）叫她想想，还是你爸爸混事有眼力，还是她有眼力。

鲁四凤　（轻蔑地笑）自然您有眼力啊！

鲁　贵　你还别忘了告诉你妈，你在这儿周公馆吃的好，喝的好，就是白天侍候太太少爷，晚上还是听她的话，回家睡觉。

鲁四凤　那倒不用告诉，妈自然会问的。

鲁　贵　（得意）还有啦，钱，（贪婪地笑着）你手下也有许多钱啦！

鲁四凤　钱！？

鲁　贵　这两年的工钱，赏钱，还有（慢慢地）那零零碎碎的，他们……

鲁四凤　（赶紧接下去，不愿听他要说的话）那您不是一块两块都要走了么？喝了！赌了！

鲁　贵　（笑，掩饰自己）你看，你看，你又那样。急，急，急什么？我不跟你要钱。喂，我说，我说的是——（低声）他——不是也不断地塞给你钱花么？

鲁四凤　（惊讶地）他？谁呀？

鲁　贵　（索性说出来）大少爷。

鲁四凤　（红脸，声略高，走到鲁贵面前）谁说大少爷给我钱？爸爸，您别又穷疯了，胡说乱道的。

鲁　贵　（鄙笑着）好，好，好，没有，没有。反正这两年你不是存点钱么？（鄙吝地）我不是跟你要钱，你放心。我说啊，你等你妈来，把这些钱也给她瞧瞧，叫她也开开眼。

鲁四凤　哼，妈不像您，见钱就忘了命。（回到中间茶桌滤药）

鲁　贵　（坐在长沙发上）钱不钱，你没有你爸爸成么？你要不到这儿周家大公馆帮主儿，这两年尽听你妈妈的话，你能每天吃着喝着，这大热天还穿得上小纺绸么？

鲁四凤　（回过头）哼，妈是个本分人，念过书的，讲脸，舍不得把自己的女儿叫人家使唤。

鲁　贵　什么脸不脸？又是你妈的那一套！你是谁家的小姐？——妈的，底下人的女儿，帮了人就失了身份啦。

鲁四凤　（气得只看父亲，忽然厌恶地）爸，您看您那一脸的油，——您把老爷的鞋再擦擦吧。

鲁　贵　（汹汹地）讲脸呢，又学你妈的那点穷骨头，你看她，她要脸！跑他妈的八百里外，女学堂里当老妈，为着一月八块钱，两年才回一趟家。这叫本分，还念过书呢；简直是没出息。

鲁四凤　（忍气）爸爸，您留几句回家说吧，这是人家周公馆！

鲁　贵　咦，周公馆也挡不住我跟我的女儿谈家务啊！我跟你说，你的妈……

鲁四凤　（突然）我可忍了好半天了。我跟您先说下，妈可是好容易才回一趟家。这次，也是看哥哥跟我来的。您要是再给她一个不痛快，我就把您这两年做的事都告诉哥哥。

鲁　贵　我，我，我做了什么事啦？（觉得在女儿面前失了身份）喝点，赌点，玩点，这三样，我快五十的人啦，还怕他么？

鲁四凤　他才懒得管您这些事呢！——可是他每月从矿上寄给妈用的钱，您偷偷地花了，他知道了，就不会答应您！

鲁　贵　那他敢怎么样，（高声地）他妈嫁给我，我就是他爸爸。

鲁四凤　（羞愧）小声点！这有什么喊头。——太太在楼上养病呢。

鲁　贵　哼！（滔滔地）我跟你说，我娶你妈，我还抱老大的委屈呢。你看我这么个机灵人，这周家上上下下几十口子，哪一个不说我鲁贵呱呱叫。来这里不到两个月，我的女儿就在这公馆找上事，就说你哥哥，没有我，能在周家的矿上当工人么？叫你妈说，她成么？——这样，你哥同你妈还是一个劲儿地不赞成我。这次回来，你妈要还是那副寡妇脸子，我就当你哥哥的面上不认她，说不定就离了她，别看她替我养个女儿，外带来你这个倒霉蛋的哥哥。

鲁四凤　（不愿听）哦，爸爸。

鲁　贵　哼，（骂得高兴了）谁知道哪个王八蛋养的儿子。

鲁四凤　哥哥哪点对不起您，您这样骂他干什么？

鲁　贵　他哪一点对得起我？当大兵，拉包月车，干机器匠，念书上学，哪一行他是好好地干过？好容易我荐他到了周家的矿上去，他又跟工头闹起来，把人家打啦。

鲁四凤　（小心地）我听说，不是我们老爷先叫矿上的警察开了枪，他才领着工人动的手么？

鲁　贵　反正这孩子混蛋，吃人家的钱粮，就得听人家的话。好好地，要罢工，现在又得靠我这老面子跟老爷求情啦！

鲁四凤　您听错了吧，哥哥说他今天自己要见老爷，不是找您求情来的。

鲁　贵　（得意）可是谁叫我是他的爸爸呢，我不能不管啦。

鲁四凤　（轻蔑地看着她的父亲，叹了一口气）好，您歇歇吧，我要上楼给太太送药去了。（端起药碗向左边饭厅走）

鲁　贵　你先停一停，我再说一句话。

鲁四凤　（打岔）开午饭了，老爷的普洱茶先泡好了没有？

鲁　贵　那用不着我，他们小当差早伺候到了。

鲁四凤　（闪避地）哦，好极了，那我走了。

鲁　贵　（拦住她）四凤，你别忙，我跟你商量点事。

鲁四凤　什么？

鲁　贵　你听啊，昨天不是老爷的生日么？大少爷也赏给我四块钱。

鲁四凤　好极了，（口快地）我要是大少爷，我一个子也不给您。

鲁　贵　（鄙笑）你这话对极了！四块钱，够干什么的，还了点账，就干了。

鲁四凤　（伶俐地笑着）那回头您跟哥哥要吧。

鲁　贵　四凤，别——你爸爸什么时候借钱不还账？现在你手下方便，随便匀给我七块八块好么？

鲁四凤　我没有钱。（停一下放下药碗）您真是还账了么？

鲁　贵　（赌咒）我跟我的亲生女儿说瞎话是王八蛋！

鲁四凤　您别骗我，说了实在的，我也好替您想想法。

鲁　贵　真的！？——说起来这不怪我。昨天那几个零钱，大账还不够，小账剩点零，所以我就要了两把，也许赢了钱，不都还了么？谁知运气不好，连喝带输，还倒欠了十来块。

鲁四凤　这是真的？

鲁　贵　（真心地）这可一句瞎话也没有。

鲁四凤　（故意揶揄地）那我实实在在地告诉您，我也没有钱！（说毕就要拿起药碗）

鲁　贵　（着急）凤儿，你这孩子是什么心思？你可是我的亲生孩子。

鲁四凤　（嘲笑地）亲生的女儿也没有法子把自己卖了，替您老人家还赌账啊！

鲁　贵　（严重地）孩子，你可放明白点，你妈疼你，只在嘴上，我可是把你的什么要紧的事情，都处处替你想。

鲁四凤　（明白地，但是不知他闹的什么把戏）您心里又要说什么？

鲁　贵　（停一停，四面望了一望，更近地逼着四凤，佯笑）我说，大少爷常跟我提过你，大少爷，他说——

鲁四凤　（管不住自己）大少爷！大少爷！你疯了！——我走了，太太就要叫我呢。

鲁　贵　别走，我问你一句，前天！我看见大少爷买衣料，——

鲁四凤　（沉下脸）怎么样？（冷冷地看着鲁贵）

鲁　贵　（打量四凤周身）嗯——（慢慢地拿起四凤的手）你这手上的戒指，（笑着）不也是他送给你的么？

鲁四凤　（厌恶地）您说话的神气真叫我心里想吐。

鲁　贵　（有点气，痛快地）你不必这样假门假事，你是我的女儿。（忽然贪婪地笑着）一个当差的女儿，收人家点东西，用人家一点钱，没有什么说不过去的。这不要紧，我都明白。

鲁四凤　好吧，那么你说吧，究竟要多少钱用？

鲁　贵　不多，三十块钱就成了。

鲁四凤　哦？（恶意地）那你就跟这位大少爷要去吧。我走了。

鲁　贵　（恼羞）好孩子，你以为我真装糊涂，不知道你同这混账大少爷做的事么？

鲁四凤　（惹怒）您是父亲么？父亲有跟女儿这样说话的么？

鲁　贵　（恶相地）我是你的爸爸，我就要管你。我问你，前天晚上——

鲁四凤　前天晚上？

鲁　贵　我不在家，你半夜才回来，以前你干什么？

鲁四凤　（掩饰）我替太太找东西呢。

鲁　贵　为什么那么晚才回家？

鲁四凤　（轻蔑地）您这样的父亲没有资格来问我。

鲁　贵　好文明词！你就说不上你上哪儿去呢。

鲁四凤　那有什么说不上！

鲁　贵　什么？说！

鲁四凤　那是太太听说老爷刚回来，又要我检老爷的衣服。

鲁　贵　哦，（低声，恐吓地）可是半夜送你回家的那位是谁？坐着汽车，醉醺醺，只对你说胡话的那位是谁呀？（得意地微笑）

鲁四凤　（惊吓）那，那——

鲁　贵　（大笑）哦，你不用说了，那是我们鲁家的阔女婿！——哼，我们两间半破瓦房居然来了坐汽车的男朋友，找我这当差的女儿啦！（突然严厉）我问你，他是谁？你说。

鲁四凤　他，他是——

〔鲁大海进——四凤的哥哥，鲁贵的半子——他身体魁伟，粗黑的眉毛几乎遮盖着他的锐利的眼，两颊微微地向内凹。显着颧骨异常突出，正同他的尖长的下巴一样地表现他的性格的倔强的。他有一张大而薄的嘴唇，正和他的妹妹带着南方的热烈的、厚而红的嘴唇成强烈的对照。他说话微微有点口吃，但是在他的感情激昂的时候，他词锋是锐利的。现在他刚从六百里外的煤矿回来，矿里罢了工，他是煽动者之一，几月来的精神的紧张，使他现在露出有点疲乏的神色，胡须乱蓬蓬的，看去几乎老得像鲁贵的弟弟，只有逼近地观察他，才觉出他的眼神同声音，还正是和他的妹妹一样年轻，一样地热，都是火山的爆发，满蓄着精力的白热的人物。他穿了一件工人的蓝布褂子，油渍的草帽在手里，一双黑皮鞋，有一只鞋带早不知失在哪里。进门的时候，他略微有点不自在，把胸膛敞开一部分，笨拙地又扣上一两个扣子。他说话很简短，表面是冷冷的。

鲁大海　凤儿！

鲁四凤　哥哥！

鲁　贵　（向四凤）你说呀！装什么哑巴。

鲁四凤　（看大海，有意义地开话头）哥哥！

鲁　贵　（不顾地）你哥哥来也得说呀。

鲁大海　怎么回事？

鲁　贵　（看一看大海，又回头）你先别管。

鲁四凤　哥哥，没什么要紧的事。（向鲁贵）好吧，爸，我们回头商量，好吧？

鲁　贵　（了解地）回头商量？（肯定一下，再盯四凤一眼）那么，就这么办。（回头看大海傲慢地）咦，你怎么随随便便跑进来啦？

鲁大海　（简单地）在门房等了半天，一个人也不理我，我就进来啦。

鲁　贵　大海，你究竟是矿上打粗的工人，连一点大公馆的规矩也不懂。

鲁四凤　人家不是周家的底下人。

鲁　贵　（很有理由地）他在矿上吃的也是周家的饭哪。

鲁大海　（冷冷地）他在哪儿？

鲁　贵　（故意地）他，谁是他？

鲁大海　董事长。

鲁　贵　（教训的样子）老爷就是老爷，什么董事长，上我们这儿就得叫老爷。

鲁大海　好，你给我问他一声，说矿上有个工人代表要见见他。

鲁　贵　我看，你先回家去。（有把握地）矿上的事有你爸爸在这儿替你张罗。回头跟你妈、妹妹聚两天，等你妈去，你回到矿上，事情还是有的。

鲁大海　你说我们一块儿在矿上罢完工，我一个人要你说情，自己再回去？

鲁　贵　那也没有什么难看啊。

鲁大海　（没有办法）好，你先给我问他一声。我有点旁的事，要先跟他谈谈。

鲁四凤　（希望他走）爸，你看老爷的客走了没有，你再领着哥哥见老爷。

鲁　贵　（摇头）哼，我怕他不会见你吧。

鲁大海　（理直气壮）他应当见我，我也是矿上工人的代表。前天，我们一块在这儿的公司见过他一次。

鲁　贵　（犹疑地）那我先给你问问去。

鲁四凤　你去吧。

〔鲁贵走到老爷书房门口。

鲁　贵　（转过来）他要是见你，你可少说粗话，听见了没有？

（鲁贵很老练地走着阔当差的步伐，进了书房）

鲁大海　（目送鲁贵进了书房）哼，他忘了他还是个人。

鲁四凤　哥哥，你别这样说，（略顿，嗟叹地）无论如何，他总是我们的父亲。

鲁大海　（望着四凤）他是你的，我并不认识他。

鲁四凤　（胆怯地望着哥哥忽然想起，跑到书房门口，望了一望）你说话顶好声音小点，老爷就在里面旁边的屋子里呢！

鲁大海　（轻蔑地望着四凤）好。妈也快回来了，我看你把周家的事辞了，好好回家去。

鲁四凤　（惊讶）为什么？

鲁大海　（简短地）这不是你住的地方。

鲁四凤　为什么？

鲁大海　我——恨他们。

鲁四凤　哦！

鲁大海　（刻毒地）周家的人多半不是好东西。这两年我在矿上看见了他们所做的事。（略顿，缓缓地）我恨他们。

鲁四凤　你看见什么？

鲁大海　凤儿，你不要看这样威武的房子，阴沉沉地都是矿上埋死的苦工人给换来的！

——

鲁四凤　你别胡说，这屋子听说直闹鬼呢。

鲁大海　（忽然）刚才我看见一个年轻人，在花园里躺着，脸色发白，闭着眼睛，像是要死的样子，听说这就是周家的大少爷，我们董事长的儿子。啊，报应，报应。

鲁四凤　（气）你，——（忽然）他待人顶好，你知道么？

鲁大海　他父亲做尽了坏人弄钱，他自然可以行善。

鲁四凤　（看大海）两年我不见你，你变了。

鲁大海　我在矿上干了两年，我没有变，我看你变了。

鲁四凤　你的话我有点不懂，你好像——有点像二少爷说话似的。

鲁大海　你是要骂我么？“少爷”？哼，在世界上没有这两个字！

〔鲁贵由左边书房进。

鲁　贵　（向大海）好容易老爷的客刚走，我正要说话，接着又来一个。我看，我们先下去坐坐吧。

鲁大海　那我还是自己进去。

鲁　贵　（拦住他）干什么？

鲁四凤　不，不。

鲁大海　也好，不要叫他看见我们工人不懂礼节。

鲁　贵　你看你这点穷骨头。老头说不见就不见，在下房再等一等，算什么？我跟你走，这么大院子，你别胡闯乱闯走错了。（走向中门，回头）四凤，你先别走，我就回来，你听见没有？

鲁四凤　你去吧。

〔鲁贵、大海同下。

鲁四凤　（厌倦地摸着前额，自语）哦，妈呀！

〔外面花园里听见一个年轻的轻快的声音，唤着“四凤！”疾步中夹杂着跳跃，渐渐移近中间门口。

鲁四凤　（有点惊慌）哦，二少爷。

〔门口的声音。

〔声：四凤！四凤！你在哪儿？

〔四凤慌忙躲在沙发背后。

〔声：四凤，你在这屋子里么？

〔周冲进。他身体很小，却有着大的心，也有着一切孩子似的空想。他年轻，才十七岁，他已经幻想过许多许多不可能的事实，他是在美的梦里活着的。现在他的眼睛欣喜地闪动着，脸色通红，冒着汗，他在笑。左腋下挟着一只球拍，右手正用白毛巾擦汗，他穿着打球的白衣服。他低声唤着四凤。

周　冲　四凤！四凤！（四面望一望）咦，她上哪儿去了？（蹑足走向右边的饭厅，开开门，低声）四凤你出来，四凤，我告诉你一件事。四凤，一件喜事。（他又轻轻地走到书房门口，更低声）四凤。

〔里面的声音：（严峻地）是冲儿么？

周　冲　（胆怯地）是我，爸爸。

〔里面的声音：你在干什么？

周　冲　嗯，我叫四凤呢。

〔里面的声音：（命令地）快去，她不在这儿。

〔周冲把头由门口缩回来，做了一个鬼脸。

周　冲　咦，奇怪。

〔他失望地向右边的饭厅走去，一路低低唤着四凤。

鲁四凤　（看见周冲已走，呼出一口气）他走了！（焦灼地望着通花园的门）

〔鲁贵由中门进。

鲁　贵　（向四凤）刚才是谁在喊你？

鲁四凤　二少爷。

鲁　贵　他叫你干什么？

鲁四凤　谁知道。

鲁　贵　（责备地）你为什么不理他？

鲁四凤　哦，我，（擦眼泪）——不是您叫我等着么？

鲁　贵　（安慰地）怎么，你哭了么？

鲁四凤　我没哭。

鲁　贵　孩子，哭什么，这有什么难过？（仿佛在做戏）谁叫我们穷呢？穷人没有什么讲究。没法子，什么事都忍着点，谁都知道我的孩子是个好孩子。

鲁四凤　（抬起头）得了，您痛痛快快说话好不好。

鲁　贵　（不好意思）你看，刚才我走到下房，这些王八蛋就跑到公馆跟我要账，当着上上下下的人，我看没有二十块钱，简直圆不下这个脸。

鲁四凤　（拿出钱来）我的都在这儿。这是我回头预备给妈买衣服的，现在你先拿去用吧。

鲁　贵　（佯辞）那你不是没有花的了么？

鲁四凤　得了，您别这样客气啦。

鲁　贵　（笑着接下钱，数）只十二块？

鲁四凤　（坦白地）现钱我只有这么一点。

鲁　贵　那么，这堵着周公馆跟我要账的，怎么打发呢？

鲁四凤　（忍着气）您叫他们晚上到我们家里要吧。回头，见着妈，再想别的法子，这钱，您留着自己用吧。

鲁　贵　（高兴地）这给我啦，那我只当着你这是孝敬父亲的。——哦，好孩子，我早知道你是个孝顺孩子。

鲁四凤　（没有办法）这样，您让我上楼去吧。

鲁　贵　你看，谁管过你啦。去吧，跟太太说一声，说鲁贵直惦记太太的病。

鲁四凤　知道，忘不了。（拿药走）

鲁　贵　（得意）对了，四凤，我还告诉你一件事。

鲁四凤　您留着以后再说吧，我可得给太太送药去了。

鲁　贵　（暗示着）你看，这是你自己的事。（假笑）

鲁四凤　（沉下脸）我又有什么事？（放下药碗）好，我们今天都算清楚再走。

鲁　贵　你瞧瞧，又急了。真快成小姐了，耍脾气倒是呱呱叫啊。

鲁四凤　我沉得住气，您尽管说吧。

鲁　贵　孩子，你别这样，（正经地）我劝你小心点。

鲁四凤　（嘲弄地）我现在钱也没有了，还用得着小心干什么？

鲁　贵　我跟你说，太太这两天的神气有点不大对的。

鲁四凤　太太的神气不对有我的什么？

鲁　贵　我怕太太看见你才有点不痛快。

鲁四凤　为什么？

鲁　贵　为什么？我先提你个醒。老爷比太太岁数大得多，太太跟老爷不好。大少爷不是这位太太生的，他比太太的岁数差得也有限。

鲁四凤　这我都知道。

鲁　贵　可是太太疼大少爷比疼自己的孩子还热，还好。

鲁四凤　当后娘只好这样。

鲁　贵　你知道这屋子为什么晚上没有人来，老爷在矿上的时候，就是白天也是一个人也没有么？

鲁四凤　不是半夜里闹鬼么？

鲁　贵　你知道这鬼是什么样儿么？

鲁四凤　我只听说到从前这屋子里常听见叹气的声音，有时哭，有时笑的，听说这屋子死过人，屈死鬼。

鲁　贵　鬼！一点也不错，——我可偷偷地看见啦。

鲁四凤　什么，您看见，您看见什么？鬼？

鲁　贵　（自负地）那是你爸爸的造化。

鲁四凤　您说。

鲁　贵　那时你还没有来，老爷在矿上，那么大，阴森森的院子，只有太太，二少爷，大少爷住。那时这屋子就闹鬼，二少爷小孩，胆小，叫我在他门口睡。那时是秋天，半夜里二少爷忽然把我叫起来，说客厅又闹鬼，叫我一个人去看看。二少爷的脸发青，我也直发毛。可是我是刚来的底下人，少爷说了，我怎么好不去呢？

鲁四凤　您去了没有？

鲁　贵　我喝了两口烧酒，穿过荷花池，就偷偷地钻到这门外的走廊旁边，就听见这屋子里啾啾地像一个女鬼在哭。哭得惨！心里越怕，越想看。我就硬着头皮从这窗缝里，向里一望。

鲁四凤　（喘气）您瞧见什么？

鲁　贵　就在这张桌上点着一枝要灭不灭的洋蜡烛，我恍恍惚惚地看见两个穿着黑衣裳的鬼，并排地坐着，像是一男一女，背朝着我，那个女鬼像是靠着男鬼的身边哭，那个男鬼低着头直叹气。

鲁四凤　哦，这屋子有鬼是真的。

鲁　贵　可不是？我就是乘着酒劲儿，朝着窗户缝，轻轻地咳嗽一声。就看这两个鬼飕一下子分开了，都向我这边望：这一下子他们的脸清清楚楚地正对着我，这我可真见了鬼了。

鲁四凤　鬼么？什么样？（停一下，鲁贵四面望一望）谁？

鲁　贵　我这才看见那个女鬼呀，（回头，低声）——是我们的太太。

鲁四凤　太太？——那个男的呢？

鲁　贵　那个男鬼，你别怕，——就是大少爷。

鲁四凤　他？

鲁　贵　就是他，他同他的后娘就在这屋子里闹鬼呢。

鲁四凤　我不信，您看错了吧？

鲁　贵　你别骗自己。所以孩子，你看开点，别糊涂，周家的人就是那么一回事。

鲁四凤　（摇头）不，不对，他不会这样。

鲁　贵　你忘了，大少爷比太太只小六七岁。

鲁四凤　我不信，不，不像。

鲁　贵　好，信不信都在你，反正我先告诉你，太太的神气现在对你不大对，就是因为你，因为你同——

鲁四凤　（不愿意他说出真有这件事）太太知道您在门口，一定不会饶您的。

鲁　贵　是啊，我吓了一身汗，我没等他们出来，我就跑了。

鲁四凤　那么，二少爷以后就不问您？

鲁　贵　他问我，我说我没有看见什么就算了。

鲁四凤　哼，太太那么一个人不会算了吧？

鲁　贵　她当然厉害，拿话套了我十几回，我一句话也没有漏出来，这两年过去，说不定他们以为那晚上真是鬼在咳嗽呢。

鲁四凤　（自语）不，不，我不信——就是有了这样的事，他也会告诉我的。

鲁　贵　你说大少爷会告诉你。你想想，你是谁？他是谁？你没有个好爸爸，给人家当底下人，人家当真心地待你？你又做你的小姐梦啦，你，就凭你……

鲁四凤　（突然闷气地喊了一声）您别说了！（忽然站起来）妈今天回家，您看我太快活是么？您说这些瞎话——这些瞎话！哦，您一边去吧。

鲁　贵　你看你，告诉你真话，叫你聪明点。你反而生气了，唉，你呀！（很不经意地扫四凤一眼，他傲然地，好像满意自己这段话的效果，觉得自己是比一切人都聪明似的。他走到茶几旁，从烟筒里，抽出一支烟，预备点上，忽然想起这是周公馆，于是改了主张，很熟练地偷了几支烟卷同雪茄，放在自己的旧得露出黄铜底镀银的烟盒里）

鲁四凤　（厌恶地望着鲁贵做完他的偷窃的勾当，轻蔑地）哦，就这么一点事么？那么，我知道了。

〔四凤拿起药碗就走。

鲁　贵　你别走，我的话没说完。

鲁四凤　没说完？

鲁　贵　这刚到正题。

鲁四凤　对不起您老人家，我不愿意听了。（反身就走）

鲁　贵　（拉住她的手）你得听！

鲁四凤　放开我！（急）——我喊啦。

鲁　贵　我告诉你这一句话，你再闹。（对着四凤的耳朵）回头你妈就到这儿来找你。（放手）

鲁四凤　（变色）什么？

鲁　贵　你妈一下火车，就到这儿公馆来。

鲁四凤　妈不愿意我在公馆里帮人，您为什么叫她到这儿来找我？我每天晚上，回家的时候自然会看见她，您叫她到这儿来干什么？

鲁　贵　不是我，四凤小姐，是太太要我找她来的。

鲁四凤　太太要她来？

鲁　贵　嗯，（神秘地）奇怪不是，没亲没故。你看太太偏要请她来谈一谈。

鲁四凤　哦，天！您别吞吞吐吐地好么？

鲁　贵　你知道太太为什么一个人在楼上，做诗写字，装着病不下来？

鲁四凤　老爷一回家，太太向来是这样。

鲁　贵　这次不对吧？

鲁四凤　那么，您快说出来。

鲁　贵　你一点不觉得？——大少爷没提过什么？

鲁四凤　我知道这半年多，他跟太太不常说话的。

鲁　贵　真的么？——那么太太对你呢。

鲁四凤　这几天比往日特别地好。

鲁　贵　那就对了！——我告诉你，太太知道我不愿意你离开这儿。这次，她自己要对你妈说，叫她带着你卷铺盖，滚蛋！

鲁四凤　（低声）她要我走——可是——为什么？

鲁　贵　哼！那你自己明白吧。——还有——

鲁四凤　（低声）要妈来干什么？

鲁　贵　对了，她要告诉你妈一件很要紧的事。

鲁四凤　（突然明白）哦，爸爸，无论如何，我在这儿的事，不能让妈知道的。（惧悔交集，大恸）哦，爸爸，您想，妈前年离开我的时候，她嘱咐过您，好好地看着我，不许您送我到公馆帮人。您不听，您要我来。妈不知道这些事，妈疼我，妈爱我，我是妈的好孩子，我死也不能叫妈知道这儿这些事情的。（扑在桌上）我的妈呀！

鲁　贵　孩子！（他知道他的戏到什么情形应当怎么做，他轻轻地抚着四凤）你看现在才是爸爸好了吧，爸疼你，不要怕！不要怕！她不敢怎么样，她不会辞你的。

鲁四凤　她为什么不？她恨我，她恨我。

鲁　贵　她恨你。可是，哼，她不会不知道这儿有一个人叫她怕的。

鲁四凤　她会怕谁？

鲁　贵　哼，她怕你的爸爸！你忘了我告诉你那两个鬼哪。你爸爸会抓鬼。昨天晚上我替你告假，她说你妈来的时候，要我叫你妈来。我看她那两天的神气，我就猜了一半，我顺便就把那天半夜的事提了两句，她是机灵人，不会不懂的。——哼，她要是跟我装蒜，现在老爷在家，我们就是个麻烦；我知道她是个厉害人，可是谁欺负了我的女儿，我就跟谁拼了。

鲁四凤　爸爸，（抬起头）您可不要胡来！

鲁　贵　这家除了老头，我谁也看不上眼。别着急，有你爸爸。再说，也许是我瞎猜，她原来就许没有这意思。她外面倒是跟我说，因为听说你妈会读书写字，才想见见谈谈。

鲁四凤　（忽然谛听）爸，别说话，我听见好像有人在饭厅（指左边）咳嗽似的。

鲁　贵　（听一下）别是太太吧？（走到通饭厅的门前，由锁眼窥视，忙回来）可不是她，奇怪，她下楼来了。

鲁四凤　（擦眼泪）爸爸，擦干了么？

鲁　贵　别慌，别露相，什么话也别提。我走了。

鲁四凤　嗯，妈来了，您先告诉我一声。

鲁　贵　对了，见着你妈，就当什么都不知道，听见了没有？（走到中门，又回头）别忘了，跟太太说鲁贵惦记着太太的病。

〔鲁贵慌忙由中门下。四凤端着药碗向饭厅门，至门前，周蘩漪进。她一望就知道是个果敢阴鸷的女人。她的脸色苍白，只有嘴唇微红，她的大而灰暗的眼睛同高鼻梁令人觉得有些可怕。但是眉目间看出来她是忧郁的，在那静静的长的睫毛的下面，有时为心中的郁积的火燃烧着，她的眼光会充满了一个年轻妇人失望后的痛苦与怨望。她的嘴角向后略弯，显出一个受抑制的女人在管制着自己。她那雪白细长的手，时常在她轻轻咳嗽的时候，按着自己瘦弱的胸。直等自己喘出一口气来，她才摸摸自己胀得红红的面颊，喘出一口气。她是一个中国旧式女人，有她的文弱，她的哀静，她的明慧，——她对诗文的爱好，但是她也有更原始的一点野性：在她的心，她的胆量，她的狂热的思想，在她莫明其妙的决断时忽然来的力量。整个地来看她，她似乎是一个水晶，只能给男人精神的安慰，她的明亮的前额表现出深沉的理解，像只是可以供清谈的；但是当她陷于情感的冥想中，忽然愉快地笑着；当着她见着她所爱的，红晕的颜色为快乐散布在脸上，两颊的笑涡也显露出来的时节，你才觉得出她是能被人爱的，应当被人爱的，你才知道她到底是一个女人，跟一切年轻的女人一样。她会爱你如一只饿了三天的狗咬着它最喜欢的骨头，她恨起你来也会像只恶狗狺狺地，不，多不声不响地恨恨地吃了你的。然而她的外形是沉静的，忧烦的，她会如秋天傍晚的树叶轻轻落在你的身旁，她觉得自己的夏天已经过去，西天的晚霞早暗下来了。

〔她通身是黑色。旗袍镶着灰银色的花边。她拿着一把团扇，挂在手指下，走进来。她的眼眶略微有点塌进，很自然地望着四凤。

鲁四凤　（奇怪地）太太！怎么您下楼来啦？我正预备给您送药去呢！

周蘩漪　（咳）老爷在书房里么？

鲁四凤　老爷在书房里会客呢。

周蘩漪　谁来？

鲁四凤　刚才是盖新房子的工程师，现在不知道是谁。您预备见他？

周蘩漪　不。——老妈子告诉我说，这房子已经卖给一个教堂做医院，是么？

鲁四凤　是的，老爷叫把小东西都收一收，大家具有些已经搬到新房子里去了。

周蘩漪　谁说要搬房子？

鲁四凤　老爷回来就催着要搬。

周蘩漪　（停一下，忽然）怎么不告诉我一声？

鲁四凤　老爷说太太不舒服，怕您听着嫌麻烦。

周蘩漪　（又停一下，看看四面）两礼拜没下来，这屋子改了样子了。

鲁四凤　是的，老爷说原来的样子不好看，又把您添的新家具搬了几件走。这是老爷自己摆的。

周蘩漪　（看看右面的衣柜）这是他顶喜欢的衣柜，又拿来了。（叹气）什么事

自然要依着他，他是什么都不肯将就的。（咳，坐下）

鲁四凤 太太，您脸上像是发烧，您还是到楼上歇着吧。

周蘩漪 不，楼上太热。（咳）

鲁四凤 老爷说太太的病很重，嘱咐过请您好好地在楼上躺着。

周蘩漪 我不愿意躺在床上。——喂，我忘了，老爷哪一天从矿上回来的？

鲁四凤 前天晚上。老爷见着您发烧很厉害，叫我们别惊醒您，就一个人在楼下睡的。

周蘩漪 白天我像是没见过老爷来。

鲁四凤 嗯，这两天老爷天天忙着跟矿上的董事们开会，到晚上才上楼看您。可是您又把门锁上了。

周蘩漪 （不经意地）哦，哦——怎么，楼下也这么闷热。

鲁四凤 对了，闷的很。一早晨黑云就遮满了天，也许今儿个会下一场大雨。

周蘩漪 你换一把大点的团扇，我简直有点喘不过气来。

〔四凤拿一把团扇给她，她望着四凤，又故意地转过头去。

周蘩漪 怎么这两天没见着大少爷？

鲁四凤 大概是很忙。

周蘩漪 听说他也要到矿上去是么？

鲁四凤 我不知道。

周蘩漪 你没有听见说么？

鲁四凤 倒是伺候大少爷的下人这两天尽忙着给他检衣裳。

周蘩漪 你父亲干什么呢？

鲁四凤 大概给老爷买檀香去啦。——他说，他问太太的病。

周蘩漪 他倒是惦记着我。（停一下忽然）他现在还没起来么？

鲁四凤 谁？

周蘩漪 （没有想到四凤这样问；忙收敛一下）嗯，——自然是大少爷。

鲁四凤 我不知道。

周蘩漪 （看了她一眼）嗯？

鲁四凤 这一早晨我没有见着他。

周蘩漪　他昨天晚上什么时候回来的？

鲁四凤　（红脸）您想，我每天晚上总是回家睡觉，我怎么知道。

周蘩漪　（不自主地，尖酸）哦，你每天晚上回家睡！（觉得失言）老爷回来，家里没有人会伺候他，你怎么天天要回家呢？

鲁四凤　太太，不是您吩咐过，叫我回去睡么？

周蘩漪　那时是老爷不在家。

鲁四凤　我怕老爷念经吃素，不喜欢我们伺候他，听说老爷一向是讨厌女人家的。

周蘩漪　哦，（看四凤，想着自己的经历）嗯，（低语）难说的很。（忽而抬起头来，眼睛张开）这么说，他在这几天就走，究竟到什么地方去呢？

鲁四凤　（胆怯地）您说的是大少爷？

周蘩漪　（斜着看四凤）嗯！

鲁四凤　我没听见。（嗫嚅地）他，他总是两三点钟回家，我早晨像是听见我父亲叨叨说下半夜给他开的门来着。

周蘩漪　他又喝醉了么？

鲁四凤　我不清楚。——（想找一个新题目）太太，您吃药吧。

周蘩漪　谁说我要吃药？

鲁四凤　老爷吩咐的。

周蘩漪　我并没请医生，哪里来的药？

鲁四凤　老爷说您犯的是肝郁，今天早上想起从前您吃的老方子，就叫抓一副。说太太一醒，就给您煎上。

周蘩漪　煎好了没有？

鲁四凤　煎好了，凉在这儿好半天啦。

〔四凤端过药碗来。

鲁四凤　您喝吧。

周蘩漪　（喝一口）苦的很。谁煎的？

鲁四凤　我。

周蘩漪　太不好喝，倒了它吧！

鲁四凤　倒了它？

周蘩漪　嗯？好，（想起朴园严厉的脸）要不，你先把它放在那儿。不，（厌恶）你还是倒了它。

鲁四凤　（犹豫）嗯。

周蘩漪　这些年喝这种苦药，我大概是喝够了。

鲁四凤　（拿着药碗）您忍一忍喝了吧。还是苦药能够治病。

周蘩漪　（心里忽然恨起她来）谁要你劝我？倒掉！（自己觉得失了身份）这次老爷回来，我听老妈子说瘦了。

鲁四凤　嗯，瘦多了，也黑多了。听说矿上正在罢工，老爷很着急的。

周蘩漪　老爷很不高兴么？

鲁四凤　老爷还是那样。除了会客，念念经，打打坐，在家里一句话也不说。

周蘩漪　没有跟少爷们说话么？

鲁四凤　见了大少爷只点一点头，没说话，倒是问了二少爷学堂的事。——对了，二少爷今天早上还问您的病呢。

周蘩漪　我现在不怎么愿意说话，你告诉他我很好就是了。——回头叫账房拿四十块钱给二少爷，说这是给他买书的钱。

鲁四凤　二少爷总想见见您。

周蘩漪　那就叫他到楼上来见我。——（站起来，踱了两步）哦，这老房子永远是这样闷气，家具都发了霉，人们也都是鬼里鬼气的！

鲁四凤　（想想）太太，今天我想跟您告假。

周蘩漪　是你母亲从济南回来么？——嗯，你父亲说过来着。

〔花园里，周冲又在喊：四凤！四凤！

周蘩漪　你去看看，二少爷在喊你。

〔周冲在喊：四凤。

鲁四凤　在这儿。

〔周冲由中门进，穿一套白西服上身。

周　冲　（进门只看见四凤）四凤，我找你一早晨。（看见蘩漪）妈，怎么您下楼来了？

周蘩漪　冲儿，你的脸怎么这样红？

周　冲　我刚同一个同学打网球。（亲热地）我正有许多话要跟您说。您好一点儿没有？（坐在蘩漪身旁）这两天我到楼上看您，您怎么总把门关上？

周蘩漪　我想清静清静。你看我的气色怎么样？四凤，你给二少爷拿一瓶汽水。你看你的脸通红。

〔四凤由饭厅门口下。

周　冲　（高兴地）谢谢您。让我看看您。我看您很好，没有一点病。为什么他们总说您有病呢？您一个人躲在房里头，您看，父亲回家三天，您都没有见着他。

周蘩漪　（忧郁地看着周冲）我心里不舒服。

周　冲　哦，妈，不要这样。父亲对不起您，可是他老了，我是您的将来，我要娶一个顶好的人，妈，您跟我们一块住，那我们一定会叫您快活的。

周蘩漪　（脸上闪出一丝微笑的影子）快活？（忽然）冲儿，你是十七了吧？

周　冲　（喜欢他的母亲有时这样奇突）妈，您看，您要再忘了我的岁数，我一定得跟您生气啦！

周蘩漪　妈不是个好母亲。有时候自己都忘了自己在哪儿。（沉思）——哦，十八年了，在这老房子里，你看，妈老了吧？

周　冲　不，妈，您想什么？

周蘩漪　我不想什么。

周　冲　妈，您知道我们要搬家么？新房子。父亲昨天对我说后天就搬过去。

周蘩漪　你知道父亲为什么要搬房子？

周　冲　您想父亲哪一次做事先告诉过我们？——不过我想他老了，他说过以后要不做矿上的事，加上这旧房子不吉利。——哦，妈，您不知道这房子闹鬼么？前年秋天，半夜里，我像是听见什么似的。

周蘩漪　你不要再说了。

周　冲　妈，您也信这些话么？

周蘩漪　我不相信，不过这老房子很怪，我很喜欢它，我总觉得这房子有点灵气，它拉着我，不让我走。

周　冲　（忽然高兴地）妈。——

〔四凤拿汽水上。

鲁四凤　二少爷。

周　冲　（站起来）谢谢你。（四凤红脸）

〔四凤倒汽水。

周　冲　你给太太再拿一个杯子来，好么？（四凤下）

周蘩漪　（目不转睛地看着他们）冲儿，你们为什么这样客气？

周　冲　（喝水）妈，我就想告诉您，那是因为，——（四凤进）——回头我告诉您。妈，您给我画的扇面呢？

周蘩漪　你忘了我不是病了么？

周　冲　对了，您原谅我。我，我，——怎么这屋子这样热？

周蘩漪　大概是窗户没有开。

周　冲　让我来开。

鲁四凤　老爷说过不叫开，说外面比屋里热。

周蘩漪　不，四凤，开开它。他在外头一去就是两年不回家，这屋子里的死气他是不知道的。（四凤拉开壁龛前的帷幔）

周　冲　（见四凤很费力地移动窗前的花盆）四凤，你不要动。让我来。（走过去）

鲁四凤　我一个人成，二少爷。

周　冲　（争执着）让我。（二人拿起花盆，放下时压了四凤的手，四凤轻轻叫了一声痛）怎么样？四凤？（拿着她的手）

鲁四凤　（抽出自己的手）没有什么，二少爷。

周　冲　不要紧，我给你拿点橡皮膏。

周蘩漪　冲儿，不用了。——（转头向四凤）你到厨房去看一看，问问给老爷做的素菜都做完了没有？

〔四凤由中门下，周冲望着她下去。

周蘩漪　冲儿，（周冲回来）坐下。你说吧。

周　冲　（看着蘩漪，带了希冀和快乐的神色）妈，我这两天很快活。

周蘩漪　在这家里，你能快活，自然是好现象。

周　冲　妈，我一向什么都不肯瞒过您，您不是一个平常的母亲，您最大胆，最有想象，又，最同情我的思想的。

周蘩漪　那我很欢喜。

周　冲　妈，我要告诉您一件事，——不，我要跟您商量一件事。

周蘩漪　你先说给我听听。

周　冲　妈，（神秘地）您不说我么？

周蘩漪　我不说你，孩子，你说吧。

周　冲　（高兴地）哦，妈——（又停下了，迟疑着）不，不，不，我不说了。

周蘩漪　（笑了）为什么？

周　冲　我，我怕您生气。（停）我说了以后，你还是一样地喜欢我么？

周蘩漪　傻孩子，妈永远是喜欢你的。

周　冲　（笑）我的好妈妈。真的，您还喜欢我？不生气？

周蘩漪　嗯，真的——你说吧。

周　冲　妈，说完以后我还不许您笑话我。

周蘩漪　嗯，我不笑话你。

周　冲　真的？

周蘩漪　真的！

周　冲　妈，我现在喜欢一个人。

周蘩漪　哦！（证实了她的疑惧）哦！

周　冲　（望着蘩漪的凝视的眼睛）妈，您看，您的神气又好像说我不应该似的。

周蘩漪　不，不，你这句话叫我想起来，——叫我觉得我自己……——哦，不，不，不。你说吧。这个女孩子是谁？

周　冲　她是世界上最——（看一看蘩漪）不，妈，您看您又要笑话我。反正她是我认为最满意的女孩子。她心地单纯，她懂得活着的快乐，她知道同情，她明白劳动有意义。最好的，她不是小姐堆里娇生惯养出来的人。

周蘩漪　可是你不是喜欢受过教育的人么？她念过书么？

周　冲　自然没念过书。这是她，也可说是她唯一的缺点，然而这并不怪她。

周蘩漪　哦。（眼睛暗下来，不得不问下一句，沉重地）冲儿，你说的不是——四凤？

周　冲　是，妈妈。——妈，我知道旁人会笑话我，您不会不同情我的。

周蘩漪　（惊愕，停，自语）怎么，我自己的孩子也……

周　冲　（焦灼）您不愿意么？您以为我做错了么？

周蘩漪　不，不，那倒不。我怕她这样的孩子不会给你幸福的。

周　冲　不，她是个聪明有感情的人，并且她懂得我。

周蘩漪　你不怕父亲不满意你么？

周　冲　这是我自己的事情。

周蘩漪　别人知道了说闲话呢？

周　冲　那我更不放在心上。

周蘩漪　这倒像我自己的孩子。不过我怕你走错了。第一，她始终是个没受过教育的下等人。你要是喜欢她，她当然以为这是她的幸运。

周　冲　妈，您以为她没有主张么？

周蘩漪　冲儿，你把什么人都看得太高了。

周　冲　妈，我认为您这句话对她用是不合适的。她是最纯洁，最有主张的好孩子，昨天我跟她求婚——

周蘩漪　（更惊愕）什么？求婚？（这两个字叫她想笑）你跟她求婚？

周　冲　（很正经地，不喜欢母亲这样的态度）不，妈，您不要笑！她拒绝我了。——可是我很高兴，这样我觉得她更高贵了。她说她不愿意嫁给我。

周蘩漪　哦，拒绝！（这两个字也觉得十分可笑）她还“拒绝”你。——哼，我明白她。

周　冲　你以为她不答应我，是故意地虚伪么？不，不，她说，她心里另外有一个人。

周蘩漪　她没有说谁？

周　冲　我没有问。总是她的邻居，常见的人吧。——不过真的爱情免不了波折，我爱她，她会渐渐地明白我，喜欢我的。

周蘩漪　我的儿子要娶也不能娶她。

周　冲　妈妈，您为什么这样厌恶她？四凤是个好女孩子，她背地总是很佩服您，敬重您的。

周蘩漪　你现在预备怎么样？

周　冲　我预备把这个意思告诉父亲。

周蘩漪　你忘了你父亲是什么样一个人啦！

周　冲　我一定要告诉他的。我将来并不一定跟她结婚。如果她不愿意我，我仍然是尊重她，帮助她的。但是我希望她现在受教育，我希望父亲允许我把我的教育费分给她一半上学。

周蘩漪　你真是个孩子。

周　冲　（不高兴地）我不是孩子。我不是孩子。

周蘩漪　你父亲一句话就把你所有的梦打破了。

周　冲　我不相信。——（有点沮丧）得了，妈，我们不谈这个吧。哦，昨天我见着哥哥，他说他这次可要到矿上去做事了，他明天就走，他说他太忙，他叫我告诉您一声，他不上楼见您了。您不会怪他吧？

周蘩漪　为什么？怪他？

周　冲　我总觉得您同哥哥的感情不如以前那样似的。妈，您想，他自幼就没有母亲，性情自然容易古怪。我想他的母亲一定也感情很盛的，哥哥就是一个很有感情的人。

周蘩漪　你父亲回来了，你少说哥哥的母亲，免得你父亲又板起脸，叫一家子不高兴。

周　冲　妈，可是哥哥现在真有点怪，他喝酒喝得很多，脾气很暴，有时他还到外国教堂去，不知干什么？

周蘩漪　他还怎么样？

周　冲　前三天他喝得太醉了。他拉着我的手，跟我说，他恨他自己，说了许多我不大明白的话。

周蘩漪　哦！

周　冲　最后他忽然说，他从前爱过一个他决不应该爱的女人！

周蘩漪　（自语）从前？

周　冲　说完就大哭，当时就逼着我，要我离开他的屋子。

周蘩漪　他还说什么话来么？

周　冲　没有，他很寂寞的样子，我替他很难过，他到现在为什么还不结婚呢？

周蘩漪　（喃喃地）谁知道呢？谁知道呢？

周　冲　（听见门外脚步的声音，回头看）咦，哥哥进来了。

〔中门大开，周萍进。他约莫有二十八九，颜色苍白，躯干比他的弟弟略微长些。他的面目清秀，甚至于可以说美，但不是一看就使女人醉心的那种男子。他有宽而黑的眉毛，有厚的耳垂，粗大的手掌，乍一看，有时会令人觉得他有些戆气的；不过，若是你再长久地同他坐一坐，会感到他的气味不是你所想的那样纯朴可喜，他是经过了雕琢的，虽然性格上那些粗涩的滓渣经过了教育的提炼，成为精细而优美了；但是一种可以炼钢熔铁，火炽的，不成形的原始人生活中所有的那种“蛮”力，也就因为郁闷，长久离开了空气的原因，成为怀疑的，怯弱的，莫名其妙的了。和他谈两三句话，便知道这也是一个美丽的空形，如生在田野的麦苗移植在暖室里，虽然也开花结实，但是空虚脆弱，经不起现实的风霜。在他灰暗的眼神里，你看见了不定，犹疑，怯弱同冲突。当他的眼神暗下来，瞳仁微微地在闪烁的时候，你知道他在审阅自己的内心过误，而又怕人窥探出他是这样无能，只讨生活于自己的内心的小圈子里。但是你以为他是做不出惊人的事情，没有男子的胆量么？不，在他感情的潮涌起来的时候，——哦，你单看他眼角间一条时时刻刻地变动的刺激人的圆线，极冲动而敏锐的红而厚的嘴唇，你便知道在这种时候，他会贸然地做出自己终身诅咒的事，而他生活是不会有计划的。他的唇角松弛地垂下来。一点疲乏会使他眸子发呆，叫你觉得他不能克制自己，也不能有规律地终身做一件事。然而他明白自己的病，他在改，不，不如说在悔，永远地在悔恨自己过去由直觉铸成的错误；因为当着一个新的冲动来时，他的热情，他的欲望，整个如潮水似地冲上来，淹没了他。他一星星的理智，只是一段枯枝卷在漩涡里，他昏迷似地做出自己认为不应该做的事。这样很自然地一个大错跟着一个更大的错。所以他是有道德观念的，有情爱的，但同时又是渴望着生活，觉得自己是个有肉体的人。于是他痛苦了，他恨自己，他羡慕一切没有顾忌，敢做坏事的人，于是他会同情鲁贵。他又钦羡一切能抱着一件事业向前做，能依循着一般人所谓的“道德”生活下去，为“模范市民”，“模范家长”的人，于是他佩服他的父亲。他的父亲在他的见闻里，除了一点倔强冷酷，——但是这个也是他喜欢的，因为这两种性格他都没有——是一个无瑕的男子。他觉得他在那一方面欺骗他的父亲是不对了，并不是因为他怎么爱他的父亲（固然他不能说不爱他），他觉得这样是卑鄙，像老鼠在狮子睡着的时候偷咬一口的行为，同时如一切好内省而又冲动的人，在他的直觉过去，理智冷回来的时候，他更刻毒地恨自己，更深地觉得这是反人性，一切的犯了罪的痛苦都牵到自己身上。他要把自己拯救起来，他需要新的力，无论是什么，只要能帮助他，把他由冲突的苦海中救出来，他愿意找。他见着四凤，当时就觉得她新鲜，她的“活”！他发现他最需要的那一点东西，是充满地流动着在四凤的身里。她有“青春”，有“美”，有充溢着的血，固然他也看到她是粗，但是他直觉到这才是他要的，渐渐地他厌恶一切忧郁过分的女人，忧郁已经蚀尽了他的心；他也恨一切经些教育陶冶的女人（因为她们会提醒他的缺点），同一切细致的情绪，他觉得“腻”！

〔然而这种感情的波纹是在他心里隐约地流荡着，潜伏着；他自己只是顺着自己之情感的流在走，他不能用理智再冷酷地剖析自己，他怕，他有时是怕看自己心内的残疾的。现在他不得不爱四凤了，他要死心塌地地爱她，他想这样忘了自己。当然他也明白，他这次的爱不只是为求自己心灵的药，他还有一个地方是渴。但是在这一层他并不感觉得从前的冲突，他想好好地待她，心里觉得这样也说得过去了。经过她那有处女香的温热的气息后，豁然地他觉出心地的清朗，他看见了自己心内的太阳，他想“能拯救他的女人大概是她吧！”于是就把生命交给这个女孩子，然而昔日的记忆如巨大的铁掌抓住了他的心，不时地，尤其是在蘩漪面前，他感觉一丝一丝刺心的疚痛；于是他要离开这个地方——这个能引起人的无边噩梦似的老房子，走到任何地方。而在未打开这个狭的笼之先，四凤不能了解也不能安慰他的疚伤的时候，便不自主地纵于酒，于热烈的狂欢，于一切外面的刺激之中。于是他精神颓丧，永远成了不安定的神情。

〔现在他穿一件藏青的绸袍，西服裤，漆皮鞋，没有修脸。整个是不整齐，他打着呵欠。

周　冲　哥哥。

周　萍　你在这儿。

周蘩漪　（觉得没有理她）萍！

周　萍　哦？（低了头，又抬起）您——您也在这儿。

周蘩漪　我刚下楼来。

周　萍　（转头问周冲）父亲没有出去吧？

周　冲　没有，你预备见他么？

周　萍　我想在临走以前跟父亲谈一次。（一直走向书房）

周　冲　你不要去。

周　萍　他老人家干什么呢？

周　冲　他大概跟一个人谈公事。我刚才见着他，他说他一会儿会到这儿来，叫我们在这儿等他。

周　萍　那我先回到我屋子里写封信。（要走）

周　冲　不，哥哥，母亲说好久不见你。你不愿意一齐坐一坐，谈谈么？

周蘩漪　你看，你让哥哥歇一歇，他愿意一个人坐着的。

周　萍　（有些烦）那也不见得，我总怕父亲回来，您很忙，所以——

周　冲　你不知道母亲病了么？

周蘩漪　你哥哥怎么会把我的病放在心上？

周　冲　妈！

周　萍　您好一点了么？

周蘩漪　谢谢你，我刚刚下楼。

周　萍　对了，我预备明天离开家里到矿上去。

周蘩漪　哦，（停）好得很。——什么时候回来呢？

周　萍　不一定，也许两年，也许三年。哦，这屋子怎么闷气得很。

周　冲　窗户已经打开了。——我想，大概是大雨要来了。

周蘩漪　（停一停）你在矿上做什么呢？

周　冲　妈，你忘了，哥哥是专门学矿科的。

周蘩漪　这是理由么，萍？

周　萍　（拿起报纸看，遮掩自己）说不出来，像是家里住得太久了，烦得很。

周蘩漪　（笑）我怕你是胆小吧？

周　萍　怎么讲？

周蘩漪　这屋子曾经闹过鬼，你忘了。

周　萍　没有忘。但是这儿我住厌了。

周蘩漪　（笑）假若我是你，这周围的人我都会厌恶，我也离开这个死地方的。

周　冲　妈，我不要您这样说话。

周　萍　（忧郁地）哼，我自己对自己都恨不够，我还配说厌恶别人？——（叹一口气）弟弟，我想回屋去了。（起立）

〔书房门开。

周　冲　别走，这大概是爸爸来了。

〔里面的声音：（书房门开一半，周朴园进，向内露着半个身子说话）我的意思是这么办，没有问题了，很好，再见吧，不送。

〔门大开，周朴园进，他约莫有五六十岁，鬓发已经斑白，带着椭圆形的金边眼镜，一对沉鸷的眼在底下闪烁着。像一切起家立业的人物，他的威严在儿孙面前格外显得峻厉。他穿的衣服，还是二十年前的新装，一件团花的官纱大褂，底下是白纺绸的衬衫，长衫的领扣松散着，露着颈上的肉。他的衣服很舒展地贴在身上，整洁，没有一些尘垢。他有些胖，背微微地伛偻，面色苍白，腮肉松弛地垂下来，眼眶略微下陷，眸子闪闪地放着光彩，时常也倦怠地闭着眼皮。他的脸带着多年的世故和劳碌，一种冷峭的目光和偶然在嘴角逼出的冷笑，看出他平日的专横，自是和倔强。年轻时一切的冒失，狂妄已经为脸上的皱纹深深避盖着，再也寻不着一点痕迹，只有他的半白的头发还保持昔日的丰采，很润泽地分梳到后面。在阳光底下，他的脸呈着银白色，一般人说这就是贵人的特征。所以他才有这样大的矿产。他的下颏的胡须已经灰白，常用一只象牙的小梳梳理。他的大指套着一个扳指。

〔他现在精神很饱满，沉重地走出来。

周　萍
周　冲　（同时）爸。

周　冲　客走了？

周朴园　（点头，转向蘩漪）你怎么今天下楼来了，完全好了么？

周蘩漪　病原来不很重——回来身体好么？

周朴园　还好。——你应当再到楼上去休息。冲儿，你看你母亲的气色比以前怎么样？

周　冲　母亲原来就没有什么病。

周朴园　（不喜欢儿子们这样答复老人的话，沉重地，眼翻上来）谁告诉你的？我不在的时候，你常来问你母亲的病么？（坐在沙发上）

周蘩漪　（怕他又来教训）朴园，你的样子像有点瘦了似的。——矿上的罢工究竟怎么样？

周朴园　昨天早上已经复工，不成问题。

周　冲　爸爸，怎么鲁大海还在这儿等着要见您呢？

周朴园　谁是鲁大海？

周　冲　鲁贵的儿子。前年荐进去，这次当代表的。

周朴园　这个人！我想这个人有背景，厂方已经把他开除了。

周　冲　开除！爸爸，这个人脑筋很清楚，我方才跟这个人谈了一回。代表罢工的工人并不见得就该开除。

周朴园　哼，现在一般青年人，跟工人谈谈，说两三句不关痛痒、同情的话，像是一件很时髦的事情！

周　冲　我以为这些人替自己的一群努力，我们应当同情的。并且我们这样享福，同他们争饭吃，是不对的。这不是时髦不时髦的事。

周朴园　（眼翻上来）你知道社会是什么？你读过几本关于社会经济的书？我记得我在德国念书的时候，对于这方面，我自命比你这种半瓶醋的社会思想要彻底的多！

周　冲　（被压制下去，然而）爸，我听说矿上对于这次受伤的工人不给一点抚恤金。

周朴园　（头扬起来）我认为你这次说话说得太多。（向蘩漪）这两年他学得很像你了。（看钟）十分钟后我还有一个客来，嗯，你们关于自己有什么话说么？

周　萍　爸，刚才我就想见您。

周朴园　哦，什么事？

周　萍　我想明天就到矿上去。

周朴园　这边公司的事，你交代完了么？

周　萍　差不多完了。我想请父亲给我点实在的事情做，我不想看看就完事。

周朴园　（停一下，看周萍）苦的事你成么？要做就做到底。我不愿意我的儿子叫旁人说闲话的。

周　萍　这两年在这儿做事太舒服，心里很想在内地乡下走走。

周朴园　让我想想。——（停）你可以明天起身，做哪一类事情，到了矿上我再打电报给你。

〔四凤由饭厅门入，端了碗普洱茶。

周　冲　（犹豫地）爸爸。

周朴园　（知道他又有新花样）嗯，你？

周　冲　我现在想跟爸爸商量一件很重要的事。

周朴园　什么？

周　冲　（低下头）我想把我的学费的一部分分出来。

周朴园　哦。

周　冲　（鼓起勇气）把我的学费拿出一部分送给——

〔四凤端茶，放朴园前。

周朴园　四凤，——（向周冲）你先等一等。——（向四凤）叫你给太太煎的药呢？

鲁四凤　煎好了。

周朴园　为什么不拿来？

鲁四凤　（看蘩漪，不说话）

周蘩漪　（觉出四周的征兆有些恶相）她刚才给我倒来了，我没有喝。

周朴园　为什么？（停，向四凤）药呢？

周蘩漪　（快说）倒了，我叫四凤倒了。

周朴园　（慢）倒了？哦？（更慢）倒了！——（向四凤）药还有么？

鲁四凤　药罐里还有一点。

周朴园　（低而缓地）倒了来。

周蘩漪　（反抗地）我不愿意喝这种苦东西。

周朴园　（向四凤，高声）倒了来。

〔四凤走到左面倒药。

周　冲　爸，妈不愿意，您何必这样强迫呢？

周朴园　你同你母亲都不知道自己的病在哪儿。（向蘩漪低声）你喝了，就会完全好的。（见四凤犹豫，指药）送到太太那里去。

周蘩漪　（顺忍地）好，先放在这儿。

周朴园　（不高兴地）不。你最好现在喝了它吧。

周蘩漪　（忽然）四凤，你把它拿走。

周朴园　（忽然严厉地）喝了它，不要任性，当着这么大的孩子。

周蘩漪　（声颤）我不想喝。

周朴园　冲儿，你把药端到母亲面前去。

周　冲　（反抗地）爸！

周朴园　（怒视）去！

〔周冲只好把药端到蘩漪面前。

周朴园　说，请母亲喝。

周　冲　（拿着药碗，手发颤，回头，高声）爸，您不要这样。

周朴园　（高声地）我要你说。

周　萍　（低头，至周冲前，低声）听父亲的话吧，父亲的脾气你是知道的。

周　冲　（无法，含着泪，向着母亲）您喝吧，为我喝一点吧，要不然，父亲的气是不会消的。

周蘩漪　（恳求地）哦，留着我晚上喝不成么？

周朴园　（冷峻地）蘩漪，当了母亲的人，处处应当替孩子着想，就是自己不保重身体，也应当替孩子做个服从的榜样。

周蘩漪　（四面看一看，望望朴园，又望望周萍。拿起药，落下眼泪，忽而又放下）哦，不！我喝不下！

周朴园　萍儿，劝你母亲喝下去。

周　萍　爸！我——

周朴园　去，走到母亲面前！跪下，劝你的母亲。

〔周萍走至蘩漪前。

周　萍　（求恕地）哦，爸爸！

周朴园　（高声）跪下！

〔周萍望蘩漪和周冲；蘩漪泪痕满面，周冲身体发抖。

周朴园　叫你跪下！

〔周萍正向下跪。

周蘩漪　（望着周萍，不等周萍跪下，急促地）我喝，我现在喝！（拿碗，喝了两口，气得眼泪又涌出来，她望一望朴园的峻厉的眼和苦恼着的周萍，咽下愤恨，一气喝下）哦……（哭着，由右边饭厅跑下）

〔半晌。

周朴园　（看表）还有三分钟。（向周冲）你刚才说的事呢？

周　冲　（抬头，慢慢地）什么？

周朴园　你说把你的学费分出一部分？——嗯，是怎么样？

周　冲　（低声）我现在没有什么事情啦。

周朴园　真没有什么新鲜的问题啦么？

周　冲　（哭声）没有什么，没有什么，——妈的话是对的。（跑向饭厅）

周朴园　冲儿，上哪儿去？

周　冲　到楼上去看看妈。

周朴园　就这么跑了么？

周　冲　（抑制着自己，走回去）是，爸，我要走了，您有事吩咐么？

周朴园　去吧。

〔周冲向饭厅走了两步。

周朴园　回来。

周　冲　爸爸。

周朴园　你告诉你的母亲，说我已经请德国的克大夫来，给她看病。

周　冲　妈不是已经吃了您的药了么？

周朴园　我看你的母亲，精神有点失常，病像是不轻。（回头向周萍）我看，你也是一样。

周　萍　爸，我想下去，歇一回。

周朴园　不，你不要走。我有话跟你说。（向周冲）你告诉她，说克大夫是个有名的脑病专家，我在德国认识的。来了，叫她一定看一看，听见了没有？

周　冲　听见了。（走了两步）爸，没有事啦？

周朴园　上去吧。

〔周冲由饭厅下。

周朴园　（回头向四凤）四凤，我记得我告诉过你，这个房子你们没有事就得走的。

鲁四凤　是，老爷。（也由饭厅下）

〔鲁贵由书房上。

鲁　贵　（见着老爷，便不自主地好像说不出话来）老，老，老爷。客，客来了！

周朴园　哦，先请到大客厅里去。

鲁　贵　是，老爷。（鲁贵下）

周朴园　怎么这窗户谁开开了？

周　萍　弟弟跟我开的。

周朴园　关上，（擦眼镜）这屋子不要底下人随便进来，回头我预备一个人在这里休息的。

周　萍　是。

周朴园　（擦着眼镜，看周围的家具）这间屋子的家具多半是你生母顶喜欢的东西。我从南边移到北边，搬了多少次家，总是不肯丢下的。（戴上眼镜，咳嗽一声）这屋子摆的样子，我愿意总是三十年前的老样子，这叫我的眼看着舒服一点。（踱到桌前，看桌上的相片）你的生母永远喜欢夏天把窗户关上的。

周　萍　（强笑着）不过，爸爸，纪念母亲也不必——

周朴园　（突然抬起头来）我听人说你现在做了一件很对不起自己的事情。

周　萍　（惊）什——什么？

周朴园　（低声走到周萍的面前）你知道你现在做的事是对不起你的父亲么？并且——（停）——对不起你的母亲么？

周　萍　（失措）爸爸。

周朴园　（仁慈地，拿着周萍的手）你是我的长子，我不愿意当着人谈这件事。（停，喘一口气严厉地）我听说我在外边的时候，你这两年来在家里很不规矩。

周　萍　（更惊恐）爸，没有的事，没有，没有。

周朴园　一个人敢做一件事就要当一件事。

周　萍　（失色）爸！

周朴园　公司的人说你总是在跳舞场里鬼混，尤其是这两三个月，喝酒，赌钱，整夜地不回家。

周　萍　哦，（喘出一口气）您说的是——

周朴园　这些事是真的么？（半晌）说实话！

周　萍　真的，爸爸。（红了脸）

周朴园　将近三十的人应当懂得“自爱”！——你还记得你的名为什么叫萍吗？

周　萍　记得。

周朴园　你自己说一遍。

周　萍　那是因为母亲叫侍萍，母亲临死，自己替我起的名字。

周朴园　那我请你为你的生母，你把现在的行为完全改过来。

周　萍　是，爸爸，那是我一时的荒唐。

〔鲁贵由书房上。

鲁　贵　老，老，老爷。客，——等，等，等了好半天啦。

周朴园　知道。

〔鲁贵退。

周朴园　我的家庭是我认为最圆满，最有秩序的家庭，我的儿子我也认为都还是健全的子弟，我教育出来的孩子，我绝对不愿叫任何人说他们一点闲话的。

周　萍　是，爸爸。

周朴园　来人啦。（自语）哦，我有点累啦。

〔周萍扶他至沙发坐。

〔鲁贵上。

鲁　贵　老爷。

周朴园　你请客到这边来坐。

鲁　贵　是，老爷。

周　萍　不，——爸，您歇一会吧。

周朴园　不，你不要管。（向鲁贵）去，请进来。

鲁　贵　是，老爷。

〔鲁贵下，朴园拿出一支雪茄，萍为他点上，朴园徐徐抽烟，端坐。

——幕　落

第二幕

〔午饭后，天气很阴沉，更郁热，湿潮的空气，低压着在屋内的人，使人成为烦躁的了。周萍一个人由饭厅走上来，望望花园，冷清清的，没有一个人。偷偷走到书房门口，书房里是空的，也没有人。忽然想起父亲在别的地方会客，他放下心，又走到窗户前开窗门，看着外面绿荫荫的树丛。低低地吹出一种奇怪的哨声，中间他低沉地叫了两三声“四凤!”不一时，好像听见远处有哨声在回应，渐移渐近，他又缓缓地叫一声“凤儿!”门外有一个女人的声音，“萍，是你么?”萍就把窗门关上。〔四凤由外面轻轻地跑进来。

周　萍　（回头，望着中门，四凤正从中门进，低声，热烈地）凤儿！（走近，拉着她的手）

鲁四凤　不，（推开他）不，不。（谛听，四面望）看看，有人!

周　萍　没有，凤，你坐下。（推她到沙发坐下）

鲁四凤　（不安地）老爷呢?

周　萍　在大客厅会客呢。

鲁四凤　（坐下，叹一口长气。望着）总是这样偷偷摸摸的。

周　萍　嗯。

鲁四凤　你连叫我都不敢叫。

周　萍　所以我要离开这儿哪。

鲁四凤　（想一下）哦，太太怪可怜的。为什么老爷回来，头一次见太太就发这么大的脾气?

周　萍　父亲就是这个样，他的话，向来不能改的。他的意见就是法律。

鲁四凤　（怯懦地）我——我怕得很。

周　萍　怕什么？

鲁四凤　我怕万一老爷知道了，我怕。有一天，你说过，要把我们的事情告诉老爷的。

周　萍　（摇头，深沉地）可怕的事不在这儿。

鲁四凤　还有什么？

周　萍　（忽然地）你没有听见什么话？

鲁四凤　什么？（停）没有。

周　萍　关于我，你没有听见什么？

鲁四凤　没有。

周　萍　从来没听见过什么？

鲁四凤　（不愿提）没有——你说什么？

周　萍　那——没什么！没什么！

鲁四凤　（真挚地）我信你，我相信你以后永远不会骗我。这我就够了。——刚才，我听你说，你明天就要到矿上去。

周　萍　我昨天晚上已经跟你说过了。

鲁四凤　（爽直地）你为什么不带我去？

周　萍　因为……（笑）因为我不想带你去。

鲁四凤　这边的事我早晚是要走的。——太太，说不定今天要辞掉我。

周　萍　（没想到）她要辞掉你，——为什么？

鲁四凤　你不要问。

周　萍　不，我要知道。

鲁四凤　自然因为我做错了事。我想，太太大概没有这个意思。也许是我瞎猜。（停）萍，你带我去好不好？

周　萍　不。

鲁四凤　（温柔地）萍，我好好地侍候你，你要这么一个人。我给你缝衣服，烧饭做菜，我都做得好，只要你叫我跟你在一块儿。

周　萍　哦，我还要一个女人，跟着我，侍候我，叫我享福？难道，这些年，在家里，这种生活我还不够么？

鲁四凤　我知道你一个人在外头是不成的。

周　萍　凤，你看不出来，现在我怎么能带你出去？——你这不是孩子话吗？

鲁四凤　萍，你带我走！我不连累你，要是外面因为我，说你的坏话，我立刻就走。你——你不要怕。

周　萍　（急躁地）凤，你以为我这么自私自利么？你不应该这么想我。——哼，我怕，我怕什么？（管不住自己）这些年，我做出这许多的……哼，我的心都死了，我恨极了我自己。现在我的心刚刚有点生气了，我能放开胆子喜欢一个女人，我反而怕人家骂？哼，让大家说吧，周家大少爷看上他家里面的女下人，怕什么，我喜欢她。

鲁四凤　（安慰地）萍，不要难过。你做了什么，我也不怨你的。（想）

周　萍　（平静下来）你现在想什么？

鲁四凤　我想，你走了以后，我怎么样。

周　萍　你等着我。

鲁四凤　（苦笑）可是你忘了一个人。

周　萍　谁？

鲁四凤　他总不放松我。

周　萍　哦，他呀——他又怎么样？

鲁四凤　他又把前一月的话跟我提了。

周　萍　他说，他要你？

鲁四凤　不，他问我肯嫁他不肯。

周　萍　你呢？

鲁四凤　我先没有说什么，后来他逼着问我，我只好告诉他实话。

周　萍　实话？

鲁四凤　我没有说旁的。我只提我已经许了人家。

周　萍　他没有问旁的？

鲁四凤　没有，他倒说，他要供给我上学。

周　萍　上学？（笑）他真呆气！——可是，谁知道，你听了他的话，也许很喜欢的。

鲁四凤　你知道我不喜欢，我愿意老陪着你。

周　萍　可是我已经快三十了，你才十八，我也不比他的将来有希望，并且我做过许多见不得人的事。

鲁四凤　萍，你不要同我瞎扯，我现在心里很难过。你得想出法子，他是个孩子，老是这样装着腔，对付他，我实在不喜欢。你又不许我跟他说明白。

周　萍　我没有叫你不跟他说。

鲁四凤　可是你每次见我跟他在一块儿，你的神气，偏偏——

周　萍　我的神气那自然是不快活的。我看见我最喜欢的女人时常跟别人在一块儿。哪怕他是我的弟弟，我也不情愿的。

鲁四凤　你看你又扯到别处。萍，你不要扯，你现在到底对我怎么样？你要跟我说明白。

周　萍　我对你怎么样？（他笑了。他不愿意说，他觉女人们都有些呆气，这一句话似乎有一个女人也这样问过他，他心里隐隐有些痛）要我说出来？（笑）那么，你要我怎么说呢？

鲁四凤　（苦恼地）萍，你别这样待我好不好？你明明知道我现在什么都是你的，你还——你还这样欺负人。

周　萍　（他不喜欢这样，同时又以为她究竟有些不明白）哦！（叹一口气）天哪！

鲁四凤　萍，我父亲只会跟人要钱，我哥哥瞧不起我，说我没有志气，我母亲如果知道了这件事，她一定恨我。哦，萍，没有你就没有我。我父亲，我哥哥，我母亲，他们也许有一天会不理我，你不能够的，你不能够的。（抽咽）

周　萍　四凤，不，不，别这样，你让我好好地想一想。

鲁四凤　我的妈最疼我，我的妈不愿意我在公馆里做事，我怕她万一看出我的谎话，知道我在这里做了事，并且同你……如果你又不是真心的，……那我——那我就伤了我妈的心了。（哭）还有，……

周　萍　不，凤，你不该这样疑心我。我告诉你，今天晚上我预备到你那里去。

鲁四凤　不，我妈今天回来。

周　萍　那么，我们在外面会一会好么？

鲁四凤　不成，我妈晚上一定会跟我谈话的。

周　萍　不过，我明天早车就要走了。

鲁四凤　你真不预备带我走么？

周　萍　孩子！那怎么成？

鲁四凤　那么，你——你叫我想想。

周　萍　我先要一个人离开家，过后，再想法子，跟父亲说明白，把你接出来。

鲁四凤　（看着他）也好，那么今天晚上你只好到我家里来。我想，那两间房子，爸爸跟妈一定在外房睡，哥哥总是不在家睡觉，我的房子在半夜里一定是空的。

周　萍　那么，我来还是先吹哨，（吹一声）你听得清楚吧？

鲁四凤　嗯，我要是叫你来，我的窗上一定有个红灯，要是没有灯，那你千万不要来。

周　萍　不要来？

鲁四凤　那就是我改了主意，家里一定有许多人。

周　萍　好，就这样。十一点钟。

鲁四凤　嗯，十一点。

〔鲁贵由中门上，见四凤和周萍在这里，突然停止，故意地做出懂事的假笑。

鲁　贵　哦！（向四凤）我正要找你。（向周萍）大少爷，您刚吃完饭？

鲁四凤　找我有什么事？

鲁　贵　你妈来了。

鲁四凤　（喜形于色）妈来了，在哪儿？

鲁　贵　在门房，跟你哥哥刚见面，说着话呢。

〔四凤跑向中门。

周　萍　四凤，见着你妈，给我问问好。

鲁四凤　谢谢您，回头见。（四凤下）

鲁　贵　大少爷，您是明天起身么？

周　萍　嗯。

鲁　贵　让我送送您。

周　萍　不用，谢谢你。

鲁　贵　平时总是您心好，照顾着我们。您这一走，我同我这丫头都得惦记着您了。

周　萍　（笑）你又没钱了吧？

鲁　贵　（奸笑）大少爷，您这可是开玩笑了。——我说的是实话，四凤知道，我总是背后说大少爷好的。

周　萍　好吧。——你没有事么？

鲁　贵　没事，没事，我只跟您商量点闲拌儿。您知道，四凤的妈来了，楼上的太太要见她，……

〔蘩漪由饭厅门上，鲁贵一眼看见，话说成一半，又吞进去。

鲁　贵　哦，太太下来了！太太，您病完全好啦？（蘩漪点一点头）鲁贵直惦记着。

周蘩漪　好，你下去吧。

〔鲁贵鞠躬由中门下。

周蘩漪　（向周萍）他上哪儿去了？

周　萍　（莫明其妙）谁？

周蘩漪　你父亲。

周　萍　他有事情，见客，一会儿就回来。弟弟呢？

周蘩漪　他只会哭，他走了。

周　萍　（怕和她一同在这间屋里）哦。（停）我要走了，我现在要收拾东西去。（走向饭厅）

周蘩漪　回来，（周萍停步）我请你略微坐一坐。

周　萍　什么事。

周蘩漪　（阴沉地）有话说。

周　萍　（看出她的神色）你像是有很重要的话跟我谈似的。

周蘩漪　嗯。

周　萍　说吧。

周蘩漪　我希望你明白方才的情形。这不是一天的事情。

周　萍　（躲避地）父亲一向是那样，他说一句就是一句的。

周蘩漪　可是人家说一句，我就要听一句，那是违背我的本性的。

周　萍　我明白你。（强笑）那么你顶好不听他的话就得了。

周蘩漪　萍，我盼望你还是从前那样诚恳的人。顶好不要学着现在一般青年人玩世不恭的态度。你知道我没有你在我面前，这样，我已经很苦了。

周　萍　所以我就要走了。不要叫我们见着，互相提醒我们最后悔的事情。

周蘩漪　我不后悔，我向来做事没有后悔过。

周　萍　（不得已地）我想，我很明白地对你表示过。这些日子我没有见你，我想你很明白。

周蘩漪　很明白。

周　萍　那么，我是个最糊涂，最不明白的人。我后悔，我认为我生平做错一件大事。我对不起自己，对不起弟弟，更对不起父亲。

周蘩漪　（低沉地）但是你最对不起的人有一个，你反而轻轻地忘了。

周　萍　我最对不起的人，自然也有，但是我不必同你说。

周蘩漪　（冷笑）那不是她！你最对不起的是我，是你曾经引诱过的后母！

周　萍　（有些怕她）你疯了。

周蘩漪　你欠了我一笔债，你对我负着责任；你不能看见了新的世界，就一个人跑。

周　萍　我认为你用的这些字眼，简直可怕。这种字句不是在父亲这样——这样体面的家庭里说的。

周蘩漪　（气极）父亲，父亲，你撇开你的父亲吧！体面？你也说体面？（冷笑）我在这样的体面家庭已经十八年啦。周家家庭里所出的罪恶，我听过，我见过，我做过。我始终不是你们周家的人。我做的事，我自己负责任。不像你们的祖父，叔祖，同你们的好父亲，偷偷做出许多可怕的事情，祸移在人身上，外面还是一副道德面孔，慈善家，社会上的好人物。

周　萍　蘩漪，大家庭自然免不了不良分子，不过我们这一支，除了我，……

周蘩漪　都一样，你父亲是第一个伪君子，他从前就引诱过一个良家的姑娘。

周　萍　你不要乱说话。

周蘩漪　萍，你再听清楚点，你就是你父亲的私生子！

周　萍　（惊异而无主地）你瞎说，你有什么证据？

周蘩漪　请你问你的体面父亲，这是他十五年前喝醉了的时候告诉我的。（指桌上相片）你就是这年轻的姑娘生的小孩。她因为你父亲又不要她，就自己投河死了。

周　萍　你，你，你简直……——好，好，（强笑）我都承认。你预备怎么样？你要跟我说什么？

周蘩漪　你父亲对不起我，他用同样手段把我骗到你们家来，我逃不开，生了冲儿。十几年来像刚才一样的凶横，把我渐渐地磨成了石头样的死人。你突然从家乡出来，是你，是你把我引到一条母亲不像母亲，情妇不像情妇的路上去。是你引诱的我！

周　萍　引诱！我请你不要用这两个字好不好？你知道当时的情形怎么样？

周蘩漪　你忘记了在这屋子里，半夜，我哭的时候，你叹息着说的话么？你说你恨你的父亲，你说过，你愿他死，就是犯了灭伦的罪也干。

周　萍　你忘了。那是我年轻，我的热叫我说出来这样糊涂的话。

周蘩漪　你忘了，我虽然比你只大几岁，那时，我总还是你的母亲，你知道你不该对我说这种话么？

周　萍　哦——（叹一口气）总之，你不该嫁到周家来，周家的空气满是罪恶。

周蘩漪　对了，罪恶，罪恶。你的祖宗就不曾清白过，你们家里永远是不干净。

周　萍　年轻人一时糊涂，做错了的事，你就不肯原谅么？（苦恼地皱着眉）

周蘩漪　这不是原谅不原谅的问题，我已经预备好棺材，安安静静地等死，一个人偏把我救活了又不理我，撇得我枯死，慢慢地渴死。让你说，我该怎么办？

周　萍　那，那我也不知道，你来说吧！

周蘩漪　（一字一字地）我希望你不要走。

周　萍　怎么，你要我陪着你，在这样的家庭，每天想着过去的罪恶，这样活活地闷死么？

周蘩漪　你既然知道这家庭可以闷死人，你怎么肯一个人走，把我放在家里？

周　萍　你没有权利说这种话，你是冲弟弟的母亲。

周蘩漪　我不是！我不是！自从我把我的性命，名誉，交给你，我什么都不顾了。我不是他的母亲，不是，不是，我也不是周朴园的妻子。

周　萍　（冷冷地）如果你以为你不是父亲的妻子，我自己还承认我是我父亲的儿子。

周蘩漪　（不曾想到他会说这一句话，呆了一下）哦，你是你的父亲的儿子。——这些月，你特别不来看我，是怕你的父亲？

周　萍　也可以说是怕他，才这样的吧。

周蘩漪　你这一次到矿上去，也是学着你父亲的英雄榜样，把一个真正明白你，爱你的人丢开不管么？

周　萍　这么解释也未尝不可。

周蘩漪　（冷冷地）这么说，你到底是你父亲的儿子。（笑）父亲的儿子？（狂笑）父亲的儿子？（狂笑，忽然冷静严厉地）哼，都是些没有用，胆小怕事，不值得人为他牺牲的东西！我恨着我早没有知道你！

周　萍　那么你现在知道了！我对不起你，我已经同你详细解释过，我厌恶这种不自然的关系。我告诉你，我厌恶。我负起我的责任，我承认我那时的错，然而叫我犯了那样的错，你也不能完全没有责任。你是我认为最聪明，最能了解人的女子，所以我想，你最后会原谅我。我的态度，你现在骂我玩世不恭也好，不负责任也好，我告诉你，我盼望这一次的谈话是我们最末一次谈话了。（走向饭厅门）

周蘩漪　（沉重的语气）站着。（周萍立住）我希望你明白我刚才说的话，我不是请求你。我盼望你用你的心，想一想，过去我们在这屋子说的，（停，难过）许多，许多的话。一个女子，你记着，不能受两代的欺侮，你可以想一想。

周　萍　我已经想得很透彻，我自己这些天的痛苦，我想你不是不知道，好，请你让我走吧。

〔周萍由饭厅下，蘩漪的眼泪一颗颗地流在腮上，她走到镜台前，照着自己苍白色的有皱纹的脸，便嘤嘤地扑在镜台上哭起来。

〔鲁贵偷偷地由中门走进来，看见太太在哭。

鲁　贵　（低声）太太！

周蘩漪　（突然站起）你来干什么？

鲁　贵　鲁妈来了好半天啦。

周蘩漪　谁？谁来好半天啦？

鲁　贵　我家里的，太太不是说过要我叫她来见么？

周蘩漪　你为什么不早点来告诉我？

鲁　贵　（假笑）我倒是想着，可是我（低声）刚才瞧见太太跟大少爷说话，所以就没敢惊动您。

周蘩漪　啊，你，你刚才在——

鲁　贵　我？我在大客厅伺候老爷见客呢！（故意地不明白）太太有什么事么？

周蘩漪　没什么，那么你叫鲁妈进来吧。

鲁　贵　（谄笑）我们家里是个下等人，说话粗里粗气，您可别见怪。

周蘩漪　都是一样的人。我不过想见一见，跟她谈谈闲话。

鲁　贵　是，那是太太的恩典。对了，老爷刚才跟我说，怕明天要下大雨，请太太把老爷的那一件旧雨衣拿出来，说不定老爷就要出去。

周蘩漪　四凤给老爷检的衣裳，四凤不会拿么？

鲁　贵　我也是这么说啊，您不是不舒服么？可是老爷吩咐，不要四凤，还是要太太自己拿。

周蘩漪　那么，我一会儿拿来。

鲁　贵　不，是老爷吩咐，说现在就要拿出来。

周蘩漪　哦，好，我就去吧。——你现在叫鲁妈进来，叫她在这房里等一等。

鲁　贵　是，太太。

〔鲁贵下。蘩漪的脸更显得苍白，她在极力压制自己的烦郁。

周蘩漪　（把窗户打开，吸一口气，自语）热极了，闷极了，这里真是再也不能住的。我希望我今天变成火山的口，热烈烈地冒一次，什么我都烧个干净，那时我就再掉在冰川里，冻成死灰，一生只热热地烧一次，也就算够了。我过去的是完了，希望大概也是死了的。哼，什么我都预备好了，来吧，恨我的人，来吧，叫我失望的人，叫我忌妒的人，都来吧，我在等候着你们。（望着空空的前面，继而垂下头去。鲁贵上）

鲁　贵　刚才小当差来，说老爷催着要。

周蘩漪　（抬头）好，你先去吧。我叫陈妈送去。

〔蘩漪由饭厅下，贵由中门下。移时鲁妈——即鲁侍萍——与四凤上。鲁妈的年纪约有四十七岁的光景，鬓发已经有点斑白，面貌白净，看上去也只有三十八九岁的样子。她的眼有些呆滞，时而呆呆地望着前面，但是在那秀长的睫毛，和她圆大的眸子间，还寻得出她少年时静慧的神韵。她的衣服朴素而有身份，旧蓝布裤褂，很洁净地穿在身上。远远地看着，依然像大家户里落魄的妇人。她的高贵的气质和她的丈夫的鄙俗，奸小，恰成一个强烈的对比。

〔她的头还包着一条白布手巾，怕是坐火车围着避土的，她说话总爱微微地笑，尤其因为刚见着两年未见的亲女儿，神色还是快慰地闪着快乐的光彩。她的声音很低，很沉稳，语音像一个南方人曾经和北方人相处很久，夹杂着许多模糊、轻快的南方音，但是她的字句说得很清楚。她的牙齿非常齐整，笑的时候在嘴角旁露出一对深深的笑涡，叫我们想起来四凤笑时口旁一对浅浅的涡影。

〔鲁妈拉着女儿的手，四凤就像个小鸟偎在她身边走进来。后面跟着鲁贵，提着一个旧包袱。他骄傲地笑着，比起来，这母子的单纯的欢欣，他更是粗鄙了。

鲁四凤　太太呢？

鲁　贵　就下来。

鲁四凤　妈，您坐下。（鲁妈坐）您累么？

鲁　妈　不累。

鲁四凤　（高兴地）妈，您坐一坐。我给您倒一杯冰镇的凉水。

鲁侍萍　不，不要走，我不热。

鲁　贵　凤儿，你给你妈拿一瓶汽水来，（向鲁妈）这儿公馆什么没有？一到夏天，柠檬水，果子露，西瓜汤，橘子，香蕉，鲜荔枝，你要什么，就有什么。

鲁侍萍　不，不，你别听你爸爸的话。这是人家的东西。你在我身旁跟我多坐一会，回头跟我同——同这位周太太谈谈，比喝什么都强。

鲁　贵　太太就会下来，你看你，那块白包头，总舍不得拿下来。

鲁侍萍　（和蔼地笑着）真的，说了那么半天。（笑望着四凤）连我在火车上搭的白手巾都忘了解啦。（要解它）

鲁四凤　（笑着）妈，您让我替您解开吧。（走过去解。这里，鲁贵走到小茶几旁，又偷偷地把烟放在自己的烟盒里）

鲁侍萍　（解下白手巾）你看我的脸脏么？火车上尽是土，你看我的头发，不要叫人家笑。

鲁四凤　不，不，一点都不脏。两年没见您，您还是那个样。

鲁侍萍　哦，凤儿，你看我的记性。谈了这半天，我忘记把你顶喜欢的东西给你拿出来啦。

鲁四凤　什么？妈。

鲁侍萍　（由身上拿出一个小包来）你看，你一定喜欢的。

鲁四凤　不，您先别给我看，让我猜猜。

鲁侍萍　好，你猜吧。

鲁四凤　小石娃娃？

鲁侍萍　（摇头）不对，你太大了。

鲁四凤　小粉扑子。

鲁侍萍　（摇头）给你那个有什么用？

鲁四凤　哦，那一定是小针线盒。

鲁侍萍　（笑）差不多。

鲁四凤　那您叫我打开吧。（忙打开纸包）哦，妈！顶针，银顶针！爸，您看，您看！（给鲁贵看）

鲁　贵　（随声说）好！好！

鲁四凤　这顶针太好看了，上面还镶着宝石。

鲁　贵　什么？（走两步，拿来细看）给我看看。

鲁侍萍　这是学校校长的太太送给我的。校长丢了个要紧的钱包，叫我拾着了，还给他。校长的太太就非要送给我东西，拿出一大堆小首饰，叫我挑，送给我的女儿。我就检出这一件，拿来送给你，你看好不好？

鲁四凤　好，妈，我正要这个呢。

鲁　贵　咦，哼，（把顶针交给四凤）得了吧，这宝石是假的，你挑的真好。

鲁四凤　（见着母亲特别欢喜说话，轻蔑地）哼，您呀，真宝石到了您的手里也是假的。

鲁侍萍　凤儿，不许这样跟爸爸说话。

鲁四凤　（撒娇）妈，您不知道，您不在这儿，爸爸就拿我一个人撒气，尽欺负我。

鲁　贵　（看不惯他妻女这样“乡气”，于是轻蔑地）你看你们这点穷相，走到大家公馆，不来看看人家的阔排场，尽在一边闲扯。四凤，你先把你这两年做的衣裳给你妈看看。

鲁四凤　（白眼）妈不希罕这个。

鲁　贵　你不也有点首饰么？你拿出来给你妈开开眼。看看还是我对，还是把女儿关在家里对？

鲁侍萍　（向鲁贵）我走的时候嘱咐过你，这两年写信的时候也总不断地提醒过你，我说过我不愿意把我的女儿送到一个阔公馆，叫人家使唤。你偏——（忽然觉得这不是谈家事的地方，回头向四凤）你哥哥呢？

鲁四凤　不是在门房里等着我们么？

鲁　贵　不是等着你们，人家等着见老爷呢。（向鲁妈）去年我叫人给你捎个信，告诉你大海也当了矿上的工头，那都是我在这儿嘀咕上的。

鲁四凤　（厌恶她父亲又表白自己的本领）爸爸，您看哥哥去吧。他的脾气有点不好，怕他等急了，跟张爷刘爷们闹起来。

鲁　贵　真他妈的。这孩子的狗脾气我倒忘了，（走向中门，回头）你们好好在这屋子坐一会，别乱动，太太一会儿就下来。

〔鲁贵下。母女见鲁贵走后，如同犯人望见看守走了一样，舒展地吐出一口气来。母女二人相对凄然地笑了一笑，刹那间，她们脸上又浮出欢欣，这次是由衷心升起来愉快的笑。

鲁侍萍　（伸出手来，向四凤）哦，孩子，让我看看你。

〔四凤走到母亲面前。跪下。

鲁四凤　妈，您不怪我吧？您不怪我这次没听您的话，跑到周公馆做事吧？

鲁侍萍　不，不，做了就做了。——不过为什么这两年你一个字也不告诉我，我下车走到家里，才听见张大婶告诉我，说我的女儿在这儿。

鲁四凤　妈，我怕您生气，我怕您难过，我不敢告诉您。——其实，妈，我们也不是什么富贵人家，就是像我这样帮人，我想也没有什么关系。

鲁侍萍　不，你以为妈怕穷么？怕人家笑我们穷么？不，孩子，妈最知道认命，妈最看得开，不过，孩子，我怕你太年轻，容易一阵子犯糊涂，妈受过苦，妈知道的。你不懂，你不知道这世界太——人的心太——。（叹一口气）好，我们先不提这个。（站起来）这家的太太真怪！她要见我干什么？

鲁四凤　嗯，嗯，是啊。（她的恐惧来了，但是她愿意向好的一面想）不，妈，这边太太没有多少朋友，她听说妈也会写字，念书，也许觉着很相近，所以想请妈来谈谈。

鲁侍萍　（不信地）哦？（慢慢看这屋子的摆设，指着有镜台的柜）这屋子倒是很雅致的。就是家具太旧了点。这是——？

鲁四凤　这是老爷用的红木书桌，现在做摆饰用了。听说这是三十年前的老东西，老爷偏偏喜欢用，到哪儿带到哪儿。

鲁侍萍　那个（指着有镜台的柜）是什么？

鲁四凤　那也是件老东西，从前的第一个太太，就是大少爷的母亲，顶爱的东西。您看，从前的家具多笨哪。

鲁侍萍　咦，奇怪。——为什么窗户还关上呢？

鲁四凤　您也觉奇怪不是？这是我们老爷的怪脾气，夏天反而要关窗户。

鲁侍萍　（回想）凤儿，这屋子我像是在哪儿见过似的。

鲁四凤　（笑）真的？您大概是想我想的梦里到过这儿。

鲁侍萍　对了，梦似的。——奇怪，这地方怪得很，这地方忽然叫我想起了许多许多事情。（低下头坐下）

鲁四凤　（慌）妈，您怎么脸上发白？您别是受了暑，我给您拿一杯冷水吧？

鲁侍萍　不，不是，你别去——我怕得很，这屋子有鬼怪！

鲁四凤　妈，您怎么啦？

鲁侍萍　我怕得很，忽然我把三十年前的事情一件一件地都想起来了，已经忘了许多年的人又在我心里转。四凤，你摸摸我的手。

鲁四凤　（摸鲁妈的手）冰凉，妈，您可别吓坏我。我胆子小，妈，妈，——这屋子从前可闹过鬼的！

鲁侍萍　孩子，你别怕，妈不怎么样。不过，四凤，我好像我的魂来过这儿似的。

鲁四凤　妈，您别瞎说啦，您怎么来过？他们二十年前才搬到这儿北方来，那时候，您不是还在南方么？

鲁侍萍　不，不，我来过。这些家具，我想不起来——我在哪儿见过。

鲁四凤　妈，您的眼不要直瞪瞪地望着，我怕。

鲁侍萍　别怕，孩子，别怕。孩子。（声音愈低，她用力地想，她整个的人，缩缩到记忆的最下层深处）

鲁四凤　妈，您看那个柜干什么？那就是从前死了的第一个太太的东西。

鲁侍萍　（突然低声颤颤地向四凤）凤儿，你去看，你去看，那只柜子靠右第三个抽屉里，有没有一只小孩穿的绣花虎头鞋。

鲁四凤　妈，您怎么啦？不要这样疑神疑鬼的。

鲁侍萍　凤儿，你去，你去看一看。我心里有点怯，我有点走不动，你去！

鲁四凤　好，我去看。

〔她走到柜前，拉开抽斗，看。

鲁侍萍　（急问）有没有？

鲁四凤　没有，妈。

鲁侍萍　你看清楚了？

鲁四凤　没有，里面空空地就是些茶碗。

鲁侍萍　哦，那大概是我在做梦了。

鲁四凤　（怜惜她的母亲）别多说话了，妈，静一静吧。妈，您在外受了委屈了，（落泪）从前，您不是这样神魂颠倒的。可怜的妈呀（抱着她）好一点了么？

鲁侍萍　不要紧的。——刚才我在门房听见这家里还有两位少爷？

鲁四凤　嗯妈，都很好，都很和气的。

鲁侍萍　（自言自语地）不，我的女儿说什么也不能在这儿多呆。不成。不成。

鲁四凤　妈，您说什么？这儿上上下下都待我很好。妈，这里老爷太太向来不骂底下人，两位少爷都很和气的。这周家不但是活着的人心好，就是死了的人样子也是挺厚道的。

鲁侍萍　周？这家里姓周？

鲁四凤　妈，您看您，您刚才不是问着周家的门进来的么，怎么会忘了？（笑）妈，我明白了，您还是路上受热了。我先给你拿着周家第一个太太的相片，给您看。我再给你拿点水来喝。

〔四凤在镜台上拿了相片过来，站在鲁妈背后，给她看。

鲁侍萍　（拿着相片，看）哦！（惊愕得说不出话来，手发颤）

鲁四凤　（站在鲁妈背后）您看她多好看，这就是大少爷的母亲，笑得多美，他们说还有点像我呢。可惜，她死了，要不然，——（觉得鲁妈头向前倒）哦，妈，您怎么啦？您怎么？

鲁侍萍　不，不，我头晕，我想喝水。

鲁四凤　（慌，掐着鲁妈的手指，搓她的头）妈，您到这边来！（扶鲁妈到一个大的沙发前，鲁妈手里还紧紧地拿着相片）妈，您在这儿躺一躺。我给您拿水去。

〔四凤由饭厅门忙跑下。

鲁侍萍　哦，天哪。我是死了的人！这是真的么？这张相片？这些家具？怎么会？——哦，天底下地方大得很，怎么？熬过这几十年偏偏又把我这个可怜的孩子，放回到他——他的家里？哦，好不公平的天哪！（哭泣）

〔四凤拿水上，鲁妈忙擦眼泪。

鲁四凤　（持水杯，向鲁妈）妈，您喝一口，不，再喝几口。（鲁妈饮）好一点了么？

鲁侍萍　嗯，好，好啦。孩子，你现在就跟我回家。

鲁四凤　（惊讶）妈，您怎么啦？

〔由饭厅传出蘩漪喊“四凤”的声音。

鲁侍萍　谁喊你？

鲁四凤　太太。

〔蘩漪声：四凤！

鲁四凤　嗦。

〔蘩漪声：四凤，你来，老爷的雨衣你给放在哪儿啦？

鲁四凤　（喊）我就来。（向鲁妈）妈等一等，我就回来。

鲁侍萍　好，你去吧。

〔四凤下。鲁妈周围望望，走到柜前，抚摩着她从前的家具，低头沉思。忽然听见屋外花园里走路的声音，她转过身来，等候着。

〔鲁贵由中门上。

鲁　贵　四凤呢？

鲁侍萍　这儿的太太叫了去啦。

鲁　贵　你回头告诉太太，说找着雨衣，老爷自己到这儿来穿，还要跟太太说几句话。

鲁侍萍　老爷要到这屋里来？

鲁　贵　嗯，你告诉清楚了，别回头老爷来到这儿，太太不在，老头儿又发脾气了。

鲁侍萍　你跟太太说吧。

鲁　贵　这上上下下许多底下人都得我支派，我忙不开，我可不能等。

鲁侍萍　我要回家去，我不见太太了。

鲁　贵　为什么？这次太太叫你来，我告诉你，就许有点什么很要紧的事跟你谈谈。

鲁侍萍　我预备带着凤儿回去，叫她辞了这儿的事。

鲁　贵　什么？你看你这点——

〔蘩漪由饭厅上。

鲁　贵　太太。

周蘩漪　（向门内）四凤，你先把那两套也拿出来，问问老爷要哪一件。（里面答应）哦，（吐出一口气，向鲁妈）这就是四凤的妈吧？叫你久等了。

鲁　贵　等太太是应当的。太太准她来给您请安就是老大的面子。

〔四凤由饭厅出，拿雨衣进。

周蘩漪　请坐！你来了好半天啦。（鲁妈只在打量着，没有坐下）

鲁侍萍　不多一会，太太。

鲁四凤　太太。把这三件雨衣都送给老爷那边去么？

鲁　贵　老爷说就放在这儿，老爷自己来拿，还请太太等一会，老爷见您有话说呢。

周蘩漪　知道了。（向四凤）你先到厨房，把晚饭的菜看看，告诉厨房一下。

鲁四凤　是，太太。（望着鲁贵，又疑惧地望着蘩漪由中门下）

周蘩漪　鲁贵，告诉老爷，说我同四凤的母亲谈话，回头再请他到这儿来。

鲁　贵　是，太太。（但不走）

周蘩漪　（见鲁贵不走）你有什么事么？

鲁　贵　太太，今天早上老爷吩咐德国克大夫来。

周蘩漪　二少爷告诉过我了。

鲁　贵　老爷刚才吩咐，说来了就请太太去看。

周蘩漪　我知道了。好，你去吧。

〔鲁贵由中门下。

周蘩漪　（向鲁妈）坐下谈，不要客气。（自己坐在沙发上）

鲁侍萍　（坐在旁边一张椅子上）我刚下火车，就听见太太这边吩咐，要我来见见您。

周蘩漪　我常听四凤提到你，说你念过书，从前也是很好的门第。

鲁侍萍　（不愿提起从前的事）四凤这孩子很傻，不懂规矩，这两年叫您多生气啦。

周蘩漪　不，她非常聪明，我也很喜欢她。这孩子不应当叫她伺候人，应当替她找一个正当的出路。

鲁侍萍　太太多夸奖她了。我倒是不愿意这孩子帮人。

周蘩漪　这一点我很明白。我知道你是个知书达礼的人，一见面，彼此都觉得性情是直爽的，所以我就不妨把请你来的原因现在跟你说一说。

鲁侍萍　（忍不住）太太，是不是我这小孩平时的举动有点叫人说闲话？

周蘩漪　（笑着，故为很肯定地说）不，不是。

〔鲁贵由中门上。

鲁　贵　太太。

周蘩漪　什么事？

鲁　贵　克大夫已经来了，刚才汽车夫接来的，现时在小客厅等着呢。

周蘩漪　我有客。

鲁　贵　客？——老爷说请太太就去。

周蘩漪　我知道，你先去吧。

〔鲁贵下。

周蘩漪　（向鲁妈）我先把我家里的情形说一说。第一我家里的女人很少。

鲁侍萍　是，太太。

周蘩漪　我一个人是个女人，两个少爷，一位老爷，除了一两个老妈子以外，其余用的都是男下人。

鲁侍萍　是，太太，我明白。

周蘩漪　四凤的年纪很轻，哦，她才十九岁，是不是？

鲁侍萍　不，十八。

周蘩漪　那就对了，我记得好像她比我的孩子是大一岁的样子。这样年轻的孩子，在外边做事，又生得很秀气的。

鲁侍萍　太太，如果四凤有不检点的地方，请您千万不要瞒我。

周蘩漪　不，不，（又笑了）她很好的。我只是说说这个情形。我自己有一个儿子，他才十七岁，——恐怕刚才你在花园见过——一个不十分懂事的孩子。

〔鲁贵自书房门上。

鲁　贵　老爷催着太太去看病。

周蘩漪　没有人陪着克大夫么？

鲁　贵　王局长刚走，老爷自己在陪着呢。

鲁侍萍　太太，您先看去。我在这儿等着不要紧。

周蘩漪　不，我话还没说完。（向鲁贵）你跟老爷说，说我没有病，我自己并没要请医生来。

鲁　贵　是，太太。（但不走）

周蘩漪　（看鲁贵）你在干什么？

鲁　贵　我等太太还有什么旁的事要吩咐。

周蘩漪　（忽然想起来）有，你跟老爷回完话之后，你出去叫一个电灯匠来，刚才我听说花园藤萝架上的旧电线落下来了，走电，叫他赶快收拾一下，不要电了人。

鲁　贵　是，太太。

〔鲁贵由中门下。

周蘩漪　（见鲁妈立起）鲁奶奶，你还是坐呀。哦，这屋子又闷热起来啦。（走到窗户，把窗户打开，回来，坐）这些天我就看着我这孩子奇怪，谁知这两天，他忽然跟我说他很喜欢四凤。

鲁侍萍　什么？

周蘩漪　也许预备要帮助她学费，叫她上学。

鲁侍萍　太太，这是笑话。

周蘩漪　我这孩子还想四凤嫁给他。

鲁侍萍　太太，请您不必往下说，我都明白了。

周蘩漪　（追一步）四凤比我的孩子大，四凤又是很聪明的女孩子，这种情形——

鲁侍萍　（不喜欢蘩漪的暧昧的口气）我的女儿，我总相信是个懂事，明白大体的孩子。我向来不愿意她到大公馆帮人，可是我信得过，我的女儿就帮这儿两年，她总不会做出一点糊涂事的。

周蘩漪　鲁奶奶，我也知道四凤是个明白的孩子，不过有了这种不幸的情形，我的意思，是非常容易叫人发生误会的。

鲁侍萍　（叹气）今天我到这儿来是万没想到的事，回头我就预备把她带走，现在我就请太太准了她的长假。

周蘩漪　哦，哦，——如果你以为这样办好，我也觉得很妥当的。不过有一层，我怕，我的孩子有点傻气，他还是会找到你家里见四凤的。

鲁侍萍　您放心。我后悔得很，我不该把这个孩子一个人交给她父亲管的。明天，我准离开此地，我会远远地带她走，不会见着周家的人。太太，我想现在带着我的女儿走。

周蘩漪　那么，也好，回头我叫账房把工钱算出来。她自己的东西，我可以派人送去，我有一箱子旧衣服，也可以带着去，留着她以后在家里穿。

鲁侍萍　（自语）凤儿，我的可怜的孩子！（坐在沙发上落泪）天哪。

周蘩漪　（走到鲁妈面前）不要伤心，鲁奶奶。如果钱上有什么问题，尽管到我这儿来，一定有办法。好好地带她回去，有你这样一个母亲教育她，自然比在这儿好的。

〔朴园由书房上。

周朴园　蘩漪！

〔蘩漪抬头。鲁妈站起，忙躲在一旁，神色大变，观察他。

周朴园　你怎么还不去？

周蘩漪　（故意地）上哪儿？

周朴园　克大夫在等着你，你不知道么？

周蘩漪　克大夫？谁是克大夫？

周朴园　给你从前看病的克大夫。

周蘩漪　我的药喝够了，我不预备再喝了。

周朴园　那么你的病……

周蘩漪　我没有病。

周朴园　（忍耐）克大夫是我在德国的好朋友，对于妇科很有研究。你的神经有点失常，他一定治得好。

周蘩漪　谁说我的神经失常？你们为什么这样咒我，我没有病，我没有病，我告诉你，我没有病！

周朴园　（冷酷地）你当着人这样胡喊乱闹，你自己有病，偏偏要讳病忌医，不肯叫医生治，这不就是神经上的病态么？

周蘩漪　哼，我假若是有病，也不是医生治得好的。（向饭厅门走）

周朴园　（大声喊）站住！你上哪儿去？

周蘩漪　（不在意地）到楼上去。

周朴园　（命令地）你应当听话。

周蘩漪　（好像不明白地）哦！（停，不经意地打量他）你看你！（尖声笑两声）你简直叫我想笑。（轻蔑地笑）你忘了你自己是怎么样一个人啦！（又大笑，由饭厅跑下，重重地关上门）

周朴园　来人！

〔仆人上。

仆　人　老爷！

周朴园　太太现在在楼上。你叫大少爷陪着克大夫到楼上去给太太看病。

仆　人　是，老爷。

周朴园　你告诉大少爷，太太现在神经病很重，叫他小心点，叫楼上老妈子好好地看着太太。

仆　人　是，老爷。

周朴园　还有，叫大少爷告诉克大夫，说我有点累，不陪他了。

仆　人　是，老爷。

〔仆人下。朴园点着一支吕宋烟，看见桌上的雨衣。

周朴园　（向鲁妈）这是太太找出来的雨衣吗？

鲁侍萍　（看着他）大概是的。

周朴园　（拿起看看）不对，不对，这都是新的。我要我的旧雨衣，你回头跟太太说。

鲁侍萍　嗯。

周朴园　（看她不走）你不知道这间房子底下人不准随便进来么？

鲁侍萍　（看着他）不知道，老爷。

周朴园　你是新来的下人？

鲁侍萍　不是的，我找我的女儿来的。

周朴园　你的女儿？

鲁侍萍　四凤是我的女儿。

周朴园　那你走错屋子了。

鲁侍萍　哦。——老爷没有事了？

周朴园　（指窗）窗户谁叫打开的？

鲁侍萍　哦。（很自然地走到窗前，关上窗户，慢慢地走向中门）

周朴园　（看她关好窗门，忽然觉得她很奇怪）你站一站，（鲁妈停）你——你贵姓？

鲁侍萍　我姓鲁。

周朴园　姓鲁。你的口音不像北方人。

鲁侍萍　对了，我不是，我是江苏的。

周朴园　你好像有点无锡口音。

鲁侍萍　我自小就在无锡长大的。

周朴园　（沉思）无锡？嗯，无锡，（忽而）你在无锡是什么时候？

鲁侍萍　光绪二十年，离现在有三十多年了。

周朴园　哦，三十年前你在无锡？

鲁侍萍　是的，三十多年前呢，那时候我记得我们还没有用洋火呢。

周朴园　（沉思）三十多年前，是的，很远啦，我想想，我大概是二十多岁的时候。那时候我还在无锡呢。

鲁侍萍　老爷是那个地方的人？

周朴园　嗯，（沉吟）无锡是个好地方。

鲁侍萍　哦，好地方。

周朴园　你三十年前在无锡么？

鲁侍萍　是，老爷。

周朴园　三十年前，在无锡有一件很出名的事情——

鲁侍萍　哦。

周朴园　你知道么？

鲁侍萍　也许记得，不知道老爷说的是哪一件？

周朴园　哦，很远的，提起来大家都忘了。

鲁侍萍　说不定，也许记得的。

周朴园　我问过许多那个时候到过无锡的人，我想打听打听。可是那个时候在无锡的人，到现在不是老了就是死了，活着的多半是不知道的，或者忘了。

鲁侍萍　如若老爷想打听的话，无论什么事，无锡那边我还有认识的人，虽然许久不通音信，托他们打听点事情总还可以的。

周朴园　我派人到无锡打听过。——不过也许凑巧你会知道。三十年前在无锡有一家姓梅的。

鲁侍萍　姓梅的？

周朴园　梅家的一个年轻小姐，很贤慧，也很规矩，有一天夜里，忽然地投水死了，后来，后来，——你知道么？

鲁侍萍　不敢说。

周朴园　哦。

鲁侍萍　我倒认识一个年轻的姑娘姓梅的。

周朴园　哦？你说说看。

鲁侍萍　可是她不是小姐，她也不贤慧，并且听说是不大规矩的。

周朴园　也许，也许你弄错了，不过你不妨说说看。

鲁侍萍　这个梅姑娘倒是有一天晚上跳的河，可是不是一个，她手里抱着一个刚生下三天的男孩。听人说她生前是不规矩的。

周朴园　（苦痛）哦！

鲁侍萍　她是个下等人，不很守本分的。听说她跟那时周公馆的少爷有点不清白，生了两个儿子。生了第二个，才过三天，忽然周少爷不要她了，大孩子就放在周公馆，刚生的孩子她抱在怀里，在年三十夜里投河死的。

周朴园　（汗涔涔地）哦。

鲁侍萍　她不是小姐，她是无锡周公馆梅妈的女儿，她叫侍萍。

周朴园　（抬起头来）你姓什么？

鲁侍萍　我姓鲁，老爷。

周朴园　（喘出一口气，沉思地）侍萍，侍萍，对了。这个女孩子的尸首，说是有一个穷人见着埋了。你可以打听得她的坟在哪儿么？

鲁侍萍　老爷问这些闲事干什么？

周朴园　这个人跟我们有点亲戚。

鲁侍萍　亲戚？

周朴园　嗯，——我们想把她的坟墓修一修。

鲁侍萍　哦——那用不着了。

周朴园　怎么？

鲁侍萍　这个人现在还活着。

周朴园　（惊愕）什么？

鲁侍萍　她没有死。

周朴园　她还在？不会吧？我看见她河边上的衣服，里面有她的绝命书。

鲁侍萍　不过她被一个慈善的人救活了。

周朴园　哦，救活啦？

鲁侍萍　以后无锡的人是没见着她，以为她那夜晚死了。

周朴园　那么，她呢？

鲁侍萍　一个人在外乡活着。

周朴园　那个小孩呢？

鲁侍萍　也活着。

周朴园　（忽然立起）你是谁？

鲁侍萍　我是这儿四凤的妈，老爷。

周朴园　哦。

鲁侍萍　她现在老了，嫁给一个下等人，又生了个女孩，境况很不好。

周朴园　你知道她现在在哪儿？

鲁侍萍　我前几天还见着她！

周朴园　什么？她就在这儿？此地？

鲁侍萍　嗯，就在此地。

周朴园　哦！

鲁侍萍　老爷，您想见一见她么。

周朴园　不，不。谢谢你。

鲁侍萍　她的命很苦。离开了周家，周家少爷就娶了一位有钱有门第的小姐。她一个单身人，无亲无故，带着一个孩子在外乡什么事都做。讨饭，缝衣服，当老妈，在学校里伺候人。

周朴园　她为什么不再找到周家？

鲁侍萍　大概她是不愿意吧？为着她自己的孩子她嫁过两次。

周朴园　嗯，以后她又嫁过两次。

鲁侍萍　嗯，都是很下等的人。她遇人都很不如意，老爷想帮一帮她么？

周朴园　好，你先下去。让我想一想。

鲁侍萍　老爷，没有事了？（望着朴园，眼泪要涌出）老爷，您那雨衣，我怎么说？

周朴园　你去告诉四凤，叫她把我樟木箱子里那件旧雨衣拿出来，顺便把那箱子里的几件旧衬衣也检出来。

鲁侍萍　旧衬衣？

周朴园　你告诉她在我那顶老的箱子里，纺绸的衬衣，没有领子的。

鲁侍萍　老爷那种绸衬衣不是一共有五件？您要哪一件？

周朴园　要哪一件？

鲁侍萍　不是有一件，在右袖襟上有个烧破的窟窿，后来用丝线绣成一朵梅花补上的？还有一件，——

周朴园　（惊愕）梅花？

鲁侍萍　还有一件绸衬衣，左袖襟也绣着一朵梅花，旁边还绣着一个萍字。还有一件，——

周朴园　（徐徐立起）哦，你，你，你是——

鲁侍萍　我是从前伺候过老爷的下人。

周朴园　哦，侍萍！（低声）怎么，是你？

鲁侍萍　你自然想不到，侍萍的相貌有一天也会老得连你都不认识了。

周朴园　你——侍萍？（不觉地望望柜上的相片，又望鲁妈）

鲁侍萍　朴园，你找侍萍么？侍萍在这儿。

周朴园　（忽然严厉地）你来干什么？

鲁侍萍　不是我要来的。

周朴园　谁指使你来的？

鲁侍萍　（悲愤）命！不公平的命指使我来的。

周朴园　（冷冷地）三十年的工夫你还是找到这儿来了。

鲁侍萍　（愤怨）我没有找你，我没有找你，我以为你早死了。我今天没想到到这儿来，这是天要我在这儿又碰见你。

周朴园　你可以冷静点。现在你我都是有子女的人，如果你觉得心里有委屈，这么大年纪，我们先可以不必哭哭啼啼的。

鲁侍萍　哭？哼，我的眼泪早哭干了，我没有委屈，我有的是恨，是悔，是三十年一天一天我自己受的苦。你大概已经忘了你做的事了！三十年前，过年三十的晚上我生下你的第二个儿子才三天，你为了要赶紧娶那位有钱有门第的小姐，你们逼着我冒着大雪出去，要我离开你们周家的门。

周朴园　从前的旧恩怨，过了几十年，又何必再提呢？

鲁侍萍　那是因为周大少爷一帆风顺，现在也是社会上的好人物。可是自从我被你们家赶出来以后，我没有死成，我把我的母亲可给气死了，我亲生的两个孩子你们家里逼着我留在你们家里。

周朴园　你的第二个孩子你不是已经抱走了么？

鲁侍萍　那是你们老太太看着孩子快死了，才叫我带走的。（自语）哦，天哪，我觉得我像在做梦。

周朴园　我看过去的事不必再提起来吧。

鲁侍萍　我要提，我要提，我闷了三十年了！你结了婚，就搬了家，我以为这一辈子也见不着你了；谁知道我自己的孩子偏偏命定要跑到周家来，又做我从前在你们家里做过的事。

周朴园　怪不得四凤这样像你。

鲁侍萍　我伺候你，我的孩子再伺候你生的少爷们。这是我的报应，我的报应。

周朴园　你静一静。把脑子放清醒点。你不要以为我的心是死了，你以为一个人做了一件于心不忍的事就会忘了么？你看这些家具都是你从前顶喜欢的东西，多少年我总是留着，为着纪念你。

鲁侍萍　（低头）哦。

周朴园　你的生日——四月十八——每年我总记得。一切都照着你是正式嫁过周家的人看，甚至于你因为生萍儿，受了病，总要关窗户，这些习惯我都保留着，为的是不忘你，弥补我的罪过。

鲁侍萍　（叹一口气）现在我们都是上了年纪的人，这些傻话请你也不必说了。

周朴园　那更好了。那么我们可以明明白白地谈一谈。

鲁侍萍　不过我觉得没有什么可谈的。

周朴园　话很多。我看你的性情好像没有大改，——鲁贵像是个很不老实的人。

鲁侍萍　你不要怕。他永远不会知道的。

周朴园　那双方面都好。再有，我要问你的，你自己带走的儿子在哪儿？

鲁侍萍　他在你的矿上做工。

周朴园　我问，他现在在哪儿？

鲁侍萍　就在门房等着见你呢。

周朴园　什么？鲁大海？他！我的儿子？

鲁侍萍　他的脚趾头因为你的不小心，现在还是少一个的。

周朴园　（冷笑）这么说，我自己的骨肉在矿上鼓动罢工，反对我！

鲁侍萍　他跟你现在完完全全是两样的人。

周朴园　（沉静）他还是我的儿子。

鲁侍萍　你不要以为他还会认你做父亲。

周朴园　（忽然）好！痛痛快快地！你现在要多少钱吧？

鲁侍萍　什么？

周朴园　留着你养老。

鲁侍萍　（苦笑）哼，你还以为我是故意来敲诈你，才来的么？

周朴园　也好，我们暂且不提这一层。那么，我先说我的意思。你听着，鲁贵我现在要辞退的，四凤也要回家。不过——

鲁侍萍　你不要怕，你以为我会用这种关系来敲诈你么？你放心，我不会的。大后天我就带着四凤回到我原来的地方。这是一场梦，这地方我绝对不会再住下去。

周朴园　好得很，那么一切路费，用费，都归我担负。

鲁侍萍　什么？

周朴园　这于我的心也安一点。

鲁侍萍　你？（笑）三十年我一个人都过了，现在我反而要你的钱？

周朴园　好，好，好，那么，你现在要什么？

鲁侍萍　（停一停）我，我要点东西。

周朴园　什么？说吧？

鲁侍萍　（泪满眼）我——我——我只要见见我的萍儿。

周朴园　你想见他？

鲁侍萍　嗯，他在哪儿？

周朴园　他现在在楼上陪着他的母亲看病。我叫他，他就可以下来见你。不过是——

鲁侍萍　不过是什么？

周朴园　他很大了。

鲁侍萍　（追忆）他大概是二十八了吧？我记得他比大海只大一岁。

周朴园　并且他以为他母亲早就死了的。

鲁侍萍　哦，你以为我会哭哭啼啼地叫他认母亲么？我不会那样傻的。我难道不知道这样的母亲只给自己的儿子丢人么？我明白他的地位，他的教育，不容他承认这样的母亲。这些年我也学乖了，我只想看看他，他究竟是我生的孩子。你不要怕，我就是告诉他，白白地增加他的烦恼，他自己也不愿意认我的。

周朴园　那么，我们就这样解决了。我叫他下来，你看一看他，以后鲁家的人永远不许再到周家来。

鲁侍萍　好，我希望这一生不至于再见你。

周朴园　（由衣内取出皮夹的支票签好）很好，这是一张五千块钱的支票，你可以先拿去用。算是弥补我一点罪过。

鲁侍萍　（接过支票）谢谢你。（慢慢撕碎支票）

周朴园　侍萍。

鲁侍萍　我这些年的苦不是你拿钱算得清的。

周朴园　可是你——

〔外面争吵声。鲁大海的声音："放开我，我要进去。"三四男仆声："不成，不成，老爷睡觉呢。"门外有男仆等与鲁大海挣扎声。

周朴园　（走至中门）来人！（仆人由中门进）谁在吵？

仆　人　就是那个工人鲁大海！他不讲理，非见老爷不可。

周朴园　哦。（沉吟）那你就叫他进来吧。等一等，叫人到楼上请大少爷下来，我有话问他。

仆　人　是，老爷。

〔仆人由中门下。

周朴园　（向鲁妈）侍萍，你不要太固执。这一点钱你不收下，将来你会后悔的。

鲁侍萍　（望着他，一句话也不说）

〔仆人领鲁大海进，大海站在左边，三、四仆人立一旁。

鲁大海　（见鲁妈）妈，您还在这儿？

周朴园　（打量鲁大海）你叫什么名字？

鲁大海　（大笑）董事长，您不要同我摆架子，您难道不知道我是谁么？

周朴园　你？我只知道你是罢工闹得最凶的工人代表。

鲁大海　对了，一点儿也不错，所以才来拜望拜望您。

周朴园　你有什么事吧？

鲁大海　董事长当然知道我是为什么来的。

周朴园　（摇头）我不知道。

鲁大海　我们老远从矿上来，今天我又在您府上大门房里从早上六点钟一直等到现在，我就是要问问董事长，对于我们工人的条件，究竟是允许不允许？

周朴园　哦，——那么，那三个代表呢？

鲁大海　我跟你说吧，他们现在正在联络旁的工会呢。

周朴园　哦，——他们没有告诉你旁的事情么？

鲁大海　告诉不告诉于你没有关系。——我问你，你的意思，忽而软，忽而硬，究竟是怎么回子事？

〔周萍由饭厅上，见有人，即想退回。

周朴园　（看周萍）不要走，萍儿！（视鲁妈，鲁妈知周萍为其子，眼泪汪汪地望着他）

周　萍　是，爸爸。

周朴园　（指身侧）萍儿，你站在这儿。（向大海）你这么只凭意气是不能交涉事情的。

鲁大海　哼，你们的手段，我都明白。你们这样拖延时候，不过是想去花钱收买少数不要脸的败类，暂时把我们骗在这儿。

周朴园　你的见地也不是没有道理。

鲁大海　可是你完全错了。我们这次罢工是有团结的，有组织的。我们代表这次来并不是来求你们。你听清楚，不求你们。你们允许就允许；不允许，我们一直罢工到底，我们知道你们不到两个月整个地就要关门的。

周朴园　你以为你们那些代表们，那些领袖们都可靠吗？

鲁大海　至少比你们只认识洋钱的结合要可靠得多。

周朴园　那么我给你一件东西看。

〔朴园在桌上找电报，仆人递给他；此时周冲偷偷由左书房进，在旁谛听。

周朴园　（给大海电报）这是昨天从矿上来的电报。

鲁大海　（拿过去读）什么？他们又上工了。（放下电报）不会，不会。

周朴园　矿上的工人已经在昨天早上复工，你当代表的反而不知道么？

鲁大海　（惊，怒）怎么矿上警察开枪打死三十个工人就白打了么？（又看电报，忽然笑起来）哼，这是假的。你们自己假作的电报来离间我们的。（笑）哼，你们这种卑鄙无赖的行为！

周　萍　（忍不住）你是谁？敢在这儿胡说？

周朴园　萍儿！没有你的话。（低声向大海）你就这样相信你那同来的几个代表么？

鲁大海　你不用多说，我明白你这些话的用意。

周朴园　好，那我把那复工的合同给你瞧瞧。

鲁大海　（笑）你不要骗小孩子，复工的合同没有我们代表的签字是不生效力的。

周朴园　哦，（向仆人）合同！（仆人由桌上拿合同递他）你看，这是他们三个人签字的合同。

鲁大海　（看合同）什么？（慢慢地，低声）他们三个人签了字。他们怎么会不告诉我，自己就签了字呢？他们就这样把我不理啦。

周朴园　对了，傻小子，没有经验只会胡喊是不成的。

鲁大海　那三个代表呢？

周朴园　昨天晚车就回去了。

鲁大海　（如梦初醒）他们三个就骗了我了，这三个没有骨头的东西，他们就把矿上的工人们卖了。哼，你们这些不要脸的董事长，你们的钱这次又灵了。

周　萍　（怒）你混账！

周朴园　不许多说话。（回头向大海）鲁大海，你现在没有资格跟我说话——矿上已经把你开除了。

鲁大海　开除了!?

周　冲　爸爸，这是不公平的。

周朴园　（向周冲）你少多嘴，出去！

〔周冲由中门气下。

鲁大海　哦，好，好，（切齿）你的手段我早就领教过，只要你能弄钱，你什么都做得出来。你叫警察杀了矿上许多工人，你还——

周朴园　你胡说！

鲁侍萍　（至大海前）别说了，走吧。

鲁大海　哼，你的来历我都知道，你从前在哈尔滨包修江桥，故意叫江堤出险，——

周朴园　（厉声）下去！

〔仆人等拉他，说“走！走！”

鲁大海　（对仆人）你们这些混账东西，放开我。我要说，你故意淹死了两千二百个小工，每一个小工的性命你扣三百块钱！姓周的，你发的是绝子绝孙的昧心财！你现在还——

周　萍　（忍不住气，走到大海面前，重重地打他两个嘴巴）你这种混账东西！

〔大海立刻要还手，但是被周宅的仆人们拉住。

周　萍　打他。

鲁大海　（向周萍高声）你，你！（正要骂，仆人一起打大海。大海头流血。鲁妈哭喊着护大海）

周朴园　（厉声）不要打人！

〔仆人们停止打大海，仍拉着大海的手。

鲁大海　放开我，你们这一群强盗！

周　萍　（向仆人们）把他拉下去。

鲁侍萍　（大哭起来）哦，这真是一群强盗！（走至周萍面前，抽咽）你是萍，——凭，——凭什么打我的儿子？

周　萍　你是谁？

鲁侍萍　我是你的——你打的这个人的妈。

鲁大海　妈，别理这东西，您小心吃了他们的亏。

鲁侍萍　（呆呆地看着周萍的脸，忽而又大哭起来）大海，走吧，我们走吧。（抱着大海受伤的头哭）

〔大海为仆人拥下，鲁妈亦下。台上只有朴园与周萍。

周　萍　（过意不去地）父亲。

周朴园　你太莽撞了。

周　萍　可是这个人不应该乱侮辱父亲的名誉啊。

〔半晌。

周朴园　克大夫给你母亲看过了么？

周　萍　看完了，没有什么。

周朴园　哦，（沉吟，忽然）来人！

〔仆人由中门上。

周朴园　你告诉太太，叫她把鲁贵跟四凤的工钱算清楚，我已经把他们辞了。

仆　人　是，老爷。

周　萍　怎么？他们两个怎么样了？

周朴园　你不知道刚才这个工人也姓鲁，他就是四凤的哥哥么？

周　萍　哦，这个人就是四凤的哥哥？不过，爸爸——

周朴园　（向下人）跟太太说，叫账房给鲁贵同四凤多算两个月的工钱，叫他们今天就去。去吧。

〔仆人由饭厅下。

周　萍　爸爸，不过四凤同鲁贵在家里都很好。很忠诚的。

周朴园　哦，（呵欠）我很累了。我预备到书房歇一下。你叫他们送一碗浓一点的普洱茶来。

周　萍　是，爸爸。

〔朴园由书房下。

周　萍　（叹一口气）嗨！（急向中门下，周冲适由中门上）

周　冲　（着急地）哥哥，四凤呢？

周　萍　我不知道。

周　冲　是父亲要辞退四凤么？

周　萍　嗯，还有鲁贵。

周　冲　即便是她的哥哥得罪了父亲，我们不是把人家打了么？为什么欺负这么一个女孩子干什么？

周　萍　你可问父亲去。

周　冲　这太不讲理了。

周　萍　我也这样想。

周　冲　父亲在哪儿?

周　萍　在书房里。

〔周冲至书房，周萍在屋里踱来踱去。四凤由中门走进，颜色苍白，泪还垂在眼角。

周　萍　（忙走至四凤前）四凤，我对不起你，我实在不认识他。

鲁四凤　（用手摇一摇，满腹说不出的话）

周　萍　可是你哥哥也不应该那样乱说话。

鲁四凤　不必提了，错得很。（即向饭厅去）

周　萍　你干什么去?

鲁四凤　我收拾我自己的东西去。再见吧，明天你走，我怕不能看你了。

周　萍　不，你不要去。（拦住她）

鲁四凤　不，不，你放开我。你不知道我们已经叫你们辞了么?

周　萍　（难过）凤，你——你饶恕我么?

鲁四凤　不，你不要这样。我并不怨你，我知道早晚是有这么一天的，不过，今天晚上你千万不要来找我。

周　萍　可是，以后呢?

鲁四凤　那——再说吧!

周　萍　不，四凤，我要见你，今天晚上，我一定要见你，我有许多话要同你说。四凤，你……

鲁四凤　不，无论如何，你不要来。

周　萍　那你想旁的法子来见我。

鲁四凤　没有旁的法子。你难道看不出这是什么情形么?

周　萍　要这样，我是一定要来的。

鲁四凤　不，不，你不要胡闹。你千万不……

〔蘩漪由饭厅上。

鲁四凤　哦，太太。

周蘩漪　你们在这儿啊！（向四凤）等一会儿，你的父亲叫电灯匠就回来。什么东西，我可以交给他带回去。也许我派人给你送去。——你家住在什么地方？

鲁四凤　杏花巷十号。

周蘩漪　你不要难过，没事可以常来找我。送给你的衣服，我回头叫人送到你那里去。是杏花巷十号吧？

鲁四凤　是，谢谢太太。

〔鲁妈在外面叫：四凤！四凤！

鲁四凤　妈，我在这儿。

〔鲁妈由中门上。

鲁侍萍　四凤，收拾收拾零碎的东西，我们先走吧。快下大雨了。

〔风声，雷声渐起。

鲁四凤　是，妈妈。

鲁侍萍　（向蘩漪）太太我们走了。（向四凤）四凤，你跟太太谢谢。

鲁四凤　（向太太请安）太太，谢谢！（含着眼泪看周萍，周萍缓缓地转过头去）

〔鲁妈与四凤由中门下，风雷声更大。

周蘩漪　萍，你刚才同四凤说的什么？

周　萍　你没有权利问。

周蘩漪　萍，你不要以为她会了解你。

周　萍　你这是什么意思？

周蘩漪　你不要再骗我，我问你，你说要到哪儿去？

周　萍　用不着你问。请你自己放尊重一点。

周蘩漪　你说，你今天晚上预备上哪儿去？

周　萍　我——（突然）我找她。你怎么样？

周蘩漪　（恫吓地）你知道她是谁，你是谁么？

周　萍　我不知道。我只知道我现在真喜欢她，她也喜欢我。过去这些日子，我知道你早明白得很，现在你既然愿意说破，我当然不必瞒你。

周蘩漪　你受过这样高等教育的人现在同这么一个底下人的女儿，这是一个下等女人——

周　萍　（爆烈）你胡说！你不配说她下等，你不配！她不像你，她——

周蘩漪　（冷笑）小心，小心！你不要把一个失望的女人逼得太狠了，她是什么事都做得出来的。

周　萍　我已经打算好了。

周蘩漪　好，你去吧！小心，现在（望窗外，自语，暗示着恶兆地）风暴就要起来了！

周　萍　（领悟地）谢谢你，我知道。

〔朴园由书房上。

周朴园　你们在这儿说什么？

周　萍　我正跟母亲说刚才的事情呢。

周朴园　他们走了么？

周蘩漪　走了。

周朴园　蘩漪，冲儿又叫我说哭了，你叫他出来，安慰安慰他。

周蘩漪　（走到书房门口）冲儿。冲儿！（不听见里面答应的声音，便走进去）

〔外面风雷大作。

周朴园　（走到窗前望外面，风声甚烈，花盆落地打碎的声音）萍儿，花盆叫大风吹倒了，你叫下人快把这窗关上。大概是暴雨就要下来了。

周　萍　是，爸爸！（由中门下）

〔朴园在窗前，望着外面的闪电。

——幕　落

第三幕

——杏花巷十号，在鲁贵家里。

下面是鲁家屋外的情形：

车站的钟打了十下，杏花巷的老少还沿着那白天蒸发着臭气，只有半夜才从租界区域吹来一阵好凉风的水塘边上乘凉。虽然方才落了一阵暴雨，天气还是郁热难堪，天空黑漆漆地布满了恶相的黑云，人们都像晒在大阳下的小草，虽然半夜里沾了点露水，心里还是热燥燥的，期望着再来一次的雷雨。倒是躲在池塘芦苇根下的青蛙叫得起劲，一直不停，闲人谈话的声音有一阵没一阵地。无星的天空时而打着没有雷的闪电，蓝森森地一晃，闪露出来池塘边的垂柳在水面颤动着。闪光过去，还是黑黝黝的一片。

渐渐乘凉的人散了，四周围静下来，雷又隐隐地响着，青蛙像是吓得不敢多叫，风又吹起来，柳叶沙沙地。在深巷里，野狗寂寞地狂吠着。

以后闪电更亮得蓝森森地可怕，雷也更凶恶似地隆隆地滚着，四周却更沉闷地静下来，偶尔听见几声青蛙叫和更大的木梆声，野狗的吠声更稀少，狂雨就快要来了。

最后暴风暴雨，一直到闭幕。

不过观众看见的还是四凤的屋子，（即鲁贵两间房的内屋）前面的叙述除了声音只能由屋子中间一扇木窗户显出来。

在四凤的屋子里面呢：

鲁家现在才吃完晚饭，每个人的心绪都是烦恶的。各人有各人的心思，在一个屋角，鲁大海一个人在擦什么东西。鲁妈同四凤一句话也不说，大家静默着。鲁妈低着头在屋子中间的圆桌旁收拾筷子碗，鲁贵坐在左边一张破靠椅上，喝得醉醺醺地，眼睛发了红丝，像个猴子，半身倚着靠背，望着鲁妈打着噎。他的赤脚忽然放在椅子上，忽然又平拖在地上，两条腿像人字似地排开。他穿一件白汗衫，半臂已经汗透了，贴在身上，他不住地摇着芭蕉扇。

四凤在中间窗户前面站着：背朝着观众，面向窗外不安地望着，窗外池塘边有乘凉的人们说着闲话，有青蛙的叫声。她时而不安地像听见了什么似的，时而又转过头看了看鲁贵，又烦厌地迅速转过去。在她旁边靠左墙是一张搭好的木板床，上面铺着凉席，一床很干净的夹被，一个凉草枕和一把蒲扇，很整齐地放在上面。

屋子很小，像一切穷人的房子，屋顶低低地压在头上。床头上挂着一张烟草公司的广告画，在左边的墙上贴着过年时贴上的旧画，已经破烂许多地方。靠着鲁贵坐的唯一的一张椅子立了一张小方桌，上面有镜子，梳子，女人用的几件平常的化妆品，那大概就是四凤的梳妆台了。在左墙有一条板凳，在中间圆桌旁边孤零零地立着一个圆凳子，在右边四凤的床下正排着两三双很时髦的鞋。鞋的下头，有一只箱子，上面铺着一块白布，放着一个瓷壶同两三个粗的碗。小圆桌上放着一盏洋油灯，上面罩一个鲜红美丽的纸灯罩；还有几件零碎的小东西；在暗淡的灯影里，零碎的小东西虽看不清楚，却依然令人觉得这大概是一个女人的住房。

这屋子有两个门，在左边——就是有木床的一边——开着一个小门，外面挂着一幅强烈的有花的红幔帐。里面存着煤，一两件旧家具，四凤为着自己换衣服用的。右边有一个破旧的木门，通着鲁家的外间，外面是鲁贵住的地方，是今晚鲁贵夫妇睡的处所。那外间屋的门就通着池塘边泥泞的小道。这里间与外间相通的木门，旁边侧立一副铺板。

〔开幕时正是鲁贵兴致淋漓地刚刚倒完了半咒骂式的家庭训话。屋内都是沉默而紧张的。沉闷中听得出池塘边唱着淫荡的春曲，掺杂着乘凉人们的谈话。各人在想各人的心思，低着头不做声。鲁贵满身是汗，因为喝酒喝得太多，说话也过于费了力气，嘴里流着涎水，脸红得吓人，他好像很得意自己在家里面的位置同威风，拿着那把破芭蕉扇，挥着，舞着，指着。为汗水浸透了似的肥脑袋探向前面，眼睛迷腾腾地，在各个人的身上扫来扫去。

〔大海依旧擦他的手枪，两个女人都不做声，等着鲁贵继续嘶喊。这时青蛙同卖唱的叫声传了过来。

〔四凤立在窗户前，偶尔深深地叹着气。

鲁　贵　（咳嗽起来）他妈的！（一口痰吐在地上，兴奋地问着）你们想，你们哪一个对得起我？（向四凤同大海）你们不要不愿意听，你们哪一个人不是我辛辛苦苦养到大，可是现在你们哪一件事做的对得起我？（先向左，对大海）你说？（忽向右，对四凤）你说？（对着站在中间圆桌旁的鲁妈，胜利地）你也说说，这都是你的好孩子啊！（啪，又一口痰）

〔静默。听外面胡琴同唱声。

鲁大海　（向四凤）这是谁？快十点半还在唱？

鲁四凤　（随意地）一个瞎子同他老婆，每天在这儿卖唱的。（挥着扇，微微叹一口气）

鲁　贵　我是一辈子犯小人，不走运。刚在周家混了两年，孩子都安置好了，就叫你（指鲁妈）连累下去了。你回家一次就出一次事。刚才是怎么回事？我叫完电灯匠回公馆，凤儿的事没有了，连我的老根子也拔了。妈的，你不来，（指鲁妈）我能倒这样的霉？（又一口痰）

鲁大海　（放下手枪）你要骂我就骂我。别指东说西，欺负妈好说话。

鲁　贵　我骂你？你是少爷！我骂你？你连人家有钱的人都当着面骂了，我敢骂你？

鲁大海　（不耐烦）你喝了不到两盅酒，就叨叨叨，叨叨叨，这半点钟你够不够？

鲁　贵　够？哼，我一肚子的冤屈，一肚子的火，我没个够！当初你爸爸也不是没叫人伺候过，吃喝玩乐，我哪一样没讲究过！自从娶了你的妈，我是家败人亡，一天不如一天。一天不如一天……

鲁四凤　那不是你自己赌钱输光的！

鲁大海　你别理他。让他说。

鲁　贵　（只顾嘴头说得畅快，如同自己是唯一的牺牲者一样）我告诉你，我是家败人亡，一天不如一天。我受人家的气，受你们的气。现在好，连想受人家的气也不成了，我跟你们一块儿饿着肚子等死。你们想想，你们是哪一件事对得起我？（忽而觉得自己的腿没处放，面向鲁妈）侍萍，把那凳子拿过来。我放放大腿。

鲁大海　（看着鲁妈，叫她不要管）妈！

〔然而鲁妈还是拿了那唯一的圆凳子过来，放在鲁贵的脚下。他把腿放好。

鲁　贵　（望着大海）可是这怪谁？你把人家骂了，人家一气，当然就把我们辞了。谁叫我是你的爸爸呢？大海，你心里想想，我这么大年纪，要跟着你饿死；我要是饿死，你是哪一点对得起我？我问问你，我要是这样死了？

鲁大海　（忍不住，立起，大声）你死就死了，你算老几！

鲁　贵　（吓醒了一点）妈的，这孩子！

鲁侍萍　大海！

鲁四凤　哥哥！

（同时惊恐地喊出）

鲁　贵　（看见大海那副魁梧的身体，同手里拿着的枪，心里有点怕，笑着）你看看，这孩子这点小脾气！——（又接着说）咳，说回来，这也不能就怪大海，周家的人从上到下就没有一个好东西。我伺候他们两年，他们那点出息我哪一样不知道？反正有钱的人顶方便，做了坏事，外面比做了好事装得还体面；文明词越用得多，心里头越男盗女娼。王八蛋！别看今天我走的时候，老爷太太装模做样地跟我尽打官话，好东西，明儿见！他们家里这点出息当我不知道？

鲁四凤　（怕他胡闹）爸！你可，你可千万别去周家！

鲁　贵　（不觉骄傲起来）哼，明天，我把周家太太大少爷这点老底子给它一个宣布，就连老头这老王八蛋也得给我跪下磕头。忘恩负义的东西！（得意地咳嗽起来）他妈的！（啪地又一口痰吐在地上，向四凤）茶呢？

鲁四凤　爸，你真是喝醉了么？刚才不给你放在桌子上么？

鲁　贵　（端起杯子，对四凤）这是白水，小姐！（泼在地上）

鲁四凤　（冷冷地）本来是白水，没有茶。

鲁　贵　（因为她打断他的兴头，向四凤）混账。我吃完饭总要喝杯好茶，你还不知道么？

鲁大海　（故意地）哦，爸爸吃完饭还要喝茶的。（向四凤）四凤，你怎么不把那一两四块八的龙井沏上，尽叫爸爸生气。

鲁四凤　龙井？家里连茶叶末也没有。

鲁大海　（向鲁贵）听见了没有？你就将就将就喝杯开水吧，别这样穷讲究啦。（拿一杯白开水，放在他身旁桌上，走开）

鲁　贵　这是我的家。你要看着不顺眼，你可以滚开。

鲁大海　（上前）你，你——

鲁侍萍　（阻大海）别，别，好孩子。看在妈的份上，别同他闹。

鲁　贵　你自己觉得挺不错，你到家不到两天，就闹这么大的乱子，我没有说你，你还要打我么？你给我滚！

鲁大海　（忍着）妈，他这样子我实在看不下去。妈，我走了。

鲁侍萍　胡说。就要下雨，你上哪儿去？

鲁大海　我有点事。办不好，也许到车厂拉车去。

鲁侍萍　大海，你——

鲁　贵　走，走，让他走。这孩子就是这点穷骨头。叫他滚，滚，滚！

鲁大海　你小心点。你少惹我的火。

鲁　贵　（赖皮）你妈在这儿。你敢把你的爹怎么样？你这杂种！

鲁大海　什么，你骂谁？

鲁　贵　我骂你。你这——

鲁侍萍　（向鲁贵）你别不要脸，你少说话！

鲁　贵　我不要脸？我没有在家养私孩子，还带着个（指大海）嫁人。

鲁侍萍　（心痛极）哦，天！

鲁大海　（抽出手枪）我——我打死你这老东西！（对鲁贵）

〔鲁贵叫，站起。急到里间，僵立不动。

鲁　贵　（喊）枪，枪，枪。

鲁四凤　（跑到大海的面前，抱着他的手）哥哥。

鲁侍萍　大海，你放下。

鲁大海　（对鲁贵）你跟妈说，说自己错了，以后永远不再乱说话，乱骂人。

鲁　贵　哦——

鲁大海　（进一步）说呀！

鲁　贵　（被胁）你，你——你先放下。

鲁大海　（气愤地）不，你先说。

鲁　贵　好。（向鲁妈）我说错了，我以后永远不乱说，不骂人了。

鲁大海　（指那唯一的圆椅）还坐在那儿！

鲁　贵　（颓唐地坐在椅上，低着头咕噜着）这小杂种！

鲁大海　哼，你不值得我卖这么大的力气。

鲁侍萍　放下。大海，你把手枪放下。

鲁大海　（放下手枪，笑）妈，妈您别怕，我是吓唬吓唬他。

鲁侍萍　给我。你这手枪是哪儿弄来的？

鲁大海　从矿上带来的，警察打我们的时候掉的，我拾起来了。

鲁侍萍　你现在带在身上干什么？

鲁大海　不干什么。

鲁侍萍　不，你要说。

鲁大海　（狞笑）没有什么，周家逼着我，没有路走，这就是一条路。

鲁侍萍　胡说，交给我。

鲁大海　（不肯）妈！

鲁侍萍　刚才吃饭的时候我跟你说过，周家的事算完了，我们姓鲁的永远不提他们了。

鲁大海　（低声，缓慢地）可是我在矿上流的血呢？周家大少爷刚才打在我脸上的巴掌呢？就完了么？

鲁侍萍　嗯，完了。这一本账算不清楚，报复是完不了的。什么都是天定，妈愿意你多受点苦。

鲁大海　那是妈自己，我——

鲁侍萍　（高声）大海，你是我最爱的孩子，你听着，我从来不用这样的口气对你说过话。你要是伤害了周家的人，不管是那里的老爷或者少爷，你只要伤害了他们，我是一辈子也不认你的。

鲁大海　可是妈——（恳求）

鲁侍萍　（肯定地）你知道妈的脾气，你若要做了妈最怕你做的事情，妈就死在你的面前。

鲁大海　（长叹一口气）哦！妈，您——（仰头望，又低下头来）那我会恨——恨他们一辈子。

鲁侍萍　（叹一口气）天，那就不能怪我了。（向大海）把手枪给我。（大海不肯）交给我！（走近大海，把手枪拿了过来）

鲁大海　（痛苦）妈，您——

鲁四凤　哥哥，你给妈！

鲁大海　那么您拿去吧。不过您搁的地方得告诉我。

鲁侍萍　好，我放在这个箱子里。（把手枪放在床头的木箱里）可是（对大海）明天一早我就报告警察，把枪交给他。

鲁　贵　对极了，这才是正理。

鲁大海　你少说话！

鲁侍萍　大海。不要这样同父亲说话。

鲁大海　（看鲁贵，又转头）好，妈，我走了。我要看车厂子里有认识人没有。

鲁侍萍　好，你去。不过，你可得准回来。一家人不许这样怄气。

鲁大海　嗯。就回来。

〔大海由左边与外间通的房门下，听见他关外房的大门的声音。鲁贵立起来看着大海走出去，怀着怨气又回来站在圆桌旁。

鲁　贵　（自言自语）这个小王八蛋！（问鲁妈）刚才我叫你买茶叶，你为什么不买？

鲁侍萍　没有闲钱。

鲁　贵　可是，四凤，我的钱呢？——刚才你们从公馆领来的工钱呢？

鲁四凤　您说周公馆多给的两个月的工钱？

鲁　贵　对了，一共连新加旧六十块钱。

鲁四凤　（知道早晚也要告诉他）嗯，是的，还给人啦。

鲁　贵　什么，你还给人啦？

鲁四凤　刚才赵三又来堵门要你的赌账，妈就把那个钱都还给他了。

鲁　贵　（问鲁妈）六十块钱？都还了账啦？

鲁侍萍　嗯，把你这次的赌账算是还清了。

鲁　贵　（急了）妈的，我的家就是叫你们这样败了的，现在是还账的时候么？

鲁侍萍　（沉静地）都还清了好。这儿的家我预备不要了。

鲁　贵　这儿的家你不要么？

鲁侍萍　我想，大后天就回济南去。

鲁　贵　你回济南，我跟四凤在这儿，这个家也得要啊。

鲁侍萍　这次我带着四凤一块儿走，不叫她一个人在这儿了。

鲁　贵　（对四凤笑）四凤，你听你妈要带着你走。

鲁侍萍　上次我走的时候，我不知道我的事情怎么样。外面人地生疏，在这儿四凤有邻居张大婶照应她，我自然不带她走。现在我那边的事已经定了。四凤在这儿又没有事，我为什么不带她走？

鲁四凤　（惊）您，您真要带我走？

鲁侍萍　（沉痛地）嗯，妈以后说什么也不离开你了。

鲁　贵　不成，这我们得好好商量商量。

鲁侍萍　这有什么可商量的？你要愿意去，大后天一块儿走也可以。不过那儿是找不着你这一帮赌钱的朋友的。

鲁　贵　我自然不到那儿去。可是你要带四凤到那儿干什么？

鲁侍萍　女孩子当然随着妈走，从前那是没有法子。

鲁　贵　（滔滔地）四凤跟我有吃有穿，见的是场面人。你带着她，活受罪，干什么？

鲁侍萍　（对他没有办法）跟你也说不明白。你问问她愿意跟我还是愿意跟你？

鲁　贵　自然是愿意跟我。

鲁侍萍　你问她！

鲁　贵　（自信一定胜利）四凤，你过来，你听清楚了。你愿意怎么样？随你。跟你妈，还是跟我？（四凤转过身来，满脸的眼泪）咦，这孩子，你哭什么？

鲁侍萍　哦，凤儿，我的可怜的孩子。

鲁　贵　说呀，这不是大姑娘上轿，说呀？

鲁侍萍　（安慰地）哦，凤儿，告诉我，刚才你答应得好好地，愿意跟着妈走，现在又怎么哪？告诉我，好孩子。老实地告诉妈，妈还是喜欢你。

鲁　贵　你说你让她走，她心里不高兴。我知道，她舍不得这个地方。（笑）

鲁四凤　（向鲁贵）去！（向鲁妈）别问我，妈，我心里难过。妈，我的妈，我是跟您走的。妈呀！（抽咽，扑在鲁妈的怀里）

鲁侍萍　哦，我的孩子，我的孩子今天受了委屈了。

鲁　贵　你看看，这孩子一身小姐气，她要跟你不是受罪么？

鲁侍萍　（向鲁贵）你少说话，（对四凤）妈命不好，妈对不起你，别难过！以后跟妈在一块儿。没有人会欺负你，哦，我的心肝孩子。

〔大海由左边上。

鲁大海　妈，张家大婶回来了。我刚才在路上碰见的。

鲁侍萍　你，你提到我们卖家具的事么？

鲁大海　嗯，提了。她说，她能想法子。

鲁侍萍　车厂上找着认识的人么？

鲁大海　有，我还要出去，找一个保人。

鲁侍萍　那么我们一同出去吧。四凤，你等着我，我就回来！

鲁大海　（对鲁贵）再见，你酒醒了点么？（向鲁妈）今天晚上我恐怕不回家睡觉。

〔大海、鲁妈同下。

鲁　贵　（目送他们出去）哼，这东西！（见四凤立在窗前，便向她）你妈走了，四凤。你说吧，你预备怎么样呢？

鲁四凤　（不理他，叹一口气，听外面的青蛙声同雷声）

鲁　贵　（蔑视）你看，你这点心思还不浅。

鲁四凤　（掩饰）什么心思？天气热，闷得难受。

鲁　贵　你不要骗我，你吃完饭眼神直瞪瞪的，你在想什么？

鲁四凤　我不想什么。

鲁　贵　（故意伤感地）凤儿，你是我的明白孩子。我就有你这一个亲女儿，你跟你妈一走，那就剩我一个人在这儿哪。

鲁四凤　您别说了，我心里乱得很。（外面打闪）您听，远远又打雷。

鲁　贵　孩子，别打岔，你真预备跟妈回济南么？

鲁四凤　嗯。（吐一口气）

鲁　贵　（无聊地唱）“花开花谢年年有。人过了个青春不再来！”哎。（忽然地）四凤，人活着就是两三年好日子，好机会一错过就完了。

鲁四凤　您，您去吧。我困了。

鲁　贵　（徐徐诱进）周家的事你不要怕。有了我，明天我们还是得回去。你真走得开，（暗指地）你放得下这儿这样好的地方么？你放得下周家——

鲁四凤　（怕他）您不要乱说了。您睡去吧！外边乘凉的人都散了。您为什么不睡去？

鲁　贵　你不要胡思乱想。（说真心话）这世界上没有一个人靠得住，只有钱是真的。唉，偏偏你同你母亲不知道钱的好处。

鲁四凤　听，我像是听见有人来敲门。

〔外面敲门声。

鲁　贵　快十一点，这会有谁？

鲁四凤　爸爸，您让我去看。

鲁　贵　别，让我出去。

〔鲁贵开左门一半。

鲁　贵　谁？

〔外面的声音：这儿姓鲁么？

鲁　贵　是啊，干什么？

〔外面的声音：找人。

鲁　贵　你是谁？

〔外面的声音：我姓周。

鲁　贵　（喜形于色）你看，来了不是？周家的人来了。

鲁四凤　（惊骇着，忙说）不，爸爸，您说我们都出去了。

鲁　贵　咦，（乖巧地看她一眼）这叫什么话？

〔鲁贵下。

鲁四凤　（把屋子略微整理一下，不用的东西放在左边帐后的小屋里，立在右边角上，等候着客进来）

〔这时，听见周冲同鲁贵说话的声音，一时鲁贵同周冲上。

周　冲　（见着四凤高兴地）四凤！

鲁四凤　（奇怪地望着）二少爷！

鲁　贵　（谄笑）您别见笑，我们这儿穷地方。

周　冲　（笑）这地方真不好找。外边有一片水，很好的。

鲁　贵　二少爷。您先坐下。四凤，（指圆椅）你把那张好椅子拿过来。

周　冲　（见四凤不说话）四凤，怎么，你不舒服么？

鲁四凤　没有。——（规规矩矩地）二少爷，你到这里来干什么？要是太太知道了，你——

周　冲　这是太太叫我来的。

鲁　贵　（明白了一半）太太要您来的？

周　冲　嗯，我自己也想来看看你们。（问四凤）你哥哥同母亲呢？

鲁　贵　他们出去了。

鲁四凤　你怎么知道这个地方？

周　冲　（天真地）母亲告诉我的。没想到这地方还有一大片水，一下雨真滑，黑天要是不小心，真容易摔下去。

鲁　贵　二少爷，您没摔着么？

周　冲　（希罕地）没有。我坐着家里的车，很有趣的。（四面望望这屋子的摆设，很高兴地笑着，看四凤）哦，你原来在这儿！

鲁四凤　我看你赶快回家吧。

鲁　贵　什么?

周　冲　(忽然)对了，我忘了我为什么来的了。妈跟我说，你们离开我们家，她很不放心；她怕你们一时找不着事情，叫我送给你母亲一百块钱。(拿出钱)

鲁四凤　什么?

鲁　贵　(以为周家的人怕得罪他，得意地笑着，对四凤)你看人家多厚道，倒底是人家有钱的人。

鲁四凤　不，二少爷，你替我谢谢太太，我们还好过日子。拿回去吧。

鲁　贵　(向四凤)你看你，哪有你这么说话的?太太叫二少爷亲自送来，这点意思我们好意思不领下么?(收下钞票)你回头跟太太回一声，我们都挺好的。请太太放心，谢谢太太。

鲁四凤　(固执地)爸爸，这不成。

鲁　贵　你小孩子知道什么?

鲁四凤　您要收下，妈跟哥哥一定不答应。

鲁　贵　(不理她，向周冲)谢谢您老远跑一趟。我先给您买点鲜货吃，您同四凤在屋子里坐一坐，我失陪了。

鲁四凤　爸，您别走!不成。

鲁　贵　别尽说话，你先给二少爷倒一碗茶。我就回来。

〔鲁贵忙下。

周　冲　(不由衷地)让他走了也好。

鲁四凤　(厌恶地)唉，真是下作!——(不愿意地)谁叫你送钱来了?

周　冲　你，你，你像是不愿意见我似的。为什么呢?我以后不再乱说话了。

鲁四凤　(找话说)老爷吃过饭了么?

周　冲　刚刚吃过。老爷在发脾气，母亲没吃完就跑到楼上生气。我劝了她半天，要不我还不会这样晚来。

鲁四凤　(故意不在心地)大少爷呢?

周　冲　我没有见着他，我知道他很难过，他又在自己房里喝酒，大概是喝醉了。

鲁四凤　哦！（叹一口气）——你为什么不叫底下人替你来？何必自己跑到这穷人住的地方来？

周　冲　（诚恳地）你现在怨了我们吧！——（羞愧地）今天的事，我真觉得对不起你们，你千万不要以为哥哥是个坏人。他现在很后悔，你不知道他，他还很喜欢你。

鲁四凤　二少爷，我现在已经不是周家的用人了。

周　冲　然而我们永远不可以算是顶好的朋友么？

鲁四凤　我预备跟我妈回济南去。

周　冲　不，你先不要走。早晚你同你父亲还可以回去的。我们搬了新房子，我的父亲也许回到矿上去，那时你就回来，那时候我该多么高兴！

鲁四凤　你的心真好。

周　冲　四凤，你不要为这一点小事来忧愁。世界大的很，你应当读书，你就知道世界上有过许多人跟我们一样地忍受着痛苦，慢慢地苦干，以后又得到快乐。

鲁四凤　唉，女人究竟是女人！（忽然）你听，（蛙鸣）蛤蟆怎么不睡觉，半夜三更的还叫呢？

周　冲　不，你不是个平常的女人，你有力量，你能吃苦，我们都还年轻，我们将来一定在这世界为着人类谋幸福。我恨这不平等的社会，我恨只讲强权的人，我讨厌我的父亲，我们都是被压迫的人，我们是一样。——

鲁四凤　二少爷，您渴了吧，我给您倒一杯茶。（站起倒茶）

周　冲　不，不要。

鲁四凤　不，让我再伺候伺候您。

周　冲　你不要这样说话，现在的世界是不该存在的。我从来没有把你当做我的底下人，你是我的凤姐姐，你是我引路的人，我们的真世界不在这儿。

鲁四凤　哦，你真会说话。

周　冲　有时我就忘了现在，（梦幻地）忘了家，忘了你，忘了母亲，并且忘了我自己。我想，我像是在一个冬天的早晨，非常明亮的天空，……在无边的海上……哦，有一条轻得像海燕似的小帆船，在海风吹得紧，海上的空气闻得出有点腥，有点咸的时候，白色的帆张得满满地，像一只鹰的翅膀斜贴在海面上飞，飞，向着天边飞。那时天边上只淡淡地浮着两三片白云，我们坐在船头，望着前面，前面就是我们的世界。

鲁四凤　我们？

周　冲　对了，我同你，我们可以飞，飞到一个真真干净、快乐的地方，那里没有争执，没有虚伪，没有不平等的，没有……（头微仰，好像眼前就是那么一个所在，忽然）你说好么？

鲁四凤　你想得真好。

周　冲　（亲切地）你愿意同我一块儿去么，就是带着他也可以的。

鲁四凤　谁？

周　冲　你昨天告诉我的，你说你的心已经许给了他，那个人他一定也像你，他一定是个可爱的人。

〔大海进。

鲁四凤　哥哥。

鲁大海　（冷冷地）这是怎么回事？

周　冲　鲁先生！

鲁四凤　周家二少爷来看我们来了。

鲁大海　哦——我没想到你们现在在这儿？父亲呢？

鲁四凤　出去买东西去啦。

鲁大海　（向周冲）奇怪得很！这么晚！周少爷会到我们这个穷地方来——看我们。

周　冲　我正想见你呢。你，你愿意——跟我拉拉手么？（把右手伸出去）

鲁大海　（乖戾地）我不懂得外国规矩。

周　冲　（把手又缩回来）那么，让我说，我觉得我心里对你很抱歉的。

鲁大海　什么事？

周　冲　（红脸）今天下午，你在我们家里——

鲁大海　（勃然）请你少提那桩事。

鲁四凤　哥哥，你不要这样。人家是好心好意来安慰我们。

鲁大海　少爷，我们用不着你的安慰，我们生成一副穷骨头，用不着你半夜的时候到这儿来安慰我们。

周　冲　你大概是误会了我的意思。

鲁大海　（清楚地）我没有误会。我家里没有第三个人，我妹妹在这儿，你在这儿，这是什么意思？

周　冲　我没想到你这么想。

鲁大海　可是谁都这样想。（回头向四凤）出去。

鲁四凤　哥哥！

鲁大海　你先出去，我有几句话要同二少爷说。（见四凤不走）出去！

〔四凤慢慢地由左门出去。

鲁大海　二少爷，我们谈过话，我知道你在你们家里还算是明白点的；不过你记着，以后你要再到这儿来，来——安慰我们，（突然凶暴地）我就打断你的腿。

周　冲　打断我的腿？

鲁大海　（肯定的神态）嗯！

周　冲　（笑）我想一个人无论怎样总不会拒绝别人的同情吧。

鲁大海　同情不是你同我的事，也要看看地位才成。

周　冲　大海，我觉得你有时候有些偏见太重，有钱的人并不是罪人，难道说就不能同你们接近么？

鲁大海　你太年轻，多说你也不明白。痛痛快快地告诉你吧，你就不应当到这儿来，这儿不是你来的地方。

周　冲　为什么？——你今早还说过，你愿意做我的朋友，我想四凤也愿意做我的朋友，那么我就不可以来帮点忙么？

鲁大海　少爷，你不要以为这样就是仁慈。我听说，你想叫四凤念书？是么？四凤是我的妹妹，我知道她！她不过是一个没有定性平平常常的女孩子，也是想穿丝袜子，想坐汽车的。

周　冲　那你看错了她。

鲁大海　我没有看错。你们有钱人的世界，她多看一眼，她就得多一番烦恼。你们的汽车，你们的跳舞，你们闲在的日子，这两年已经把她的眼睛看迷了，她忘了她是从哪里来的，她现在回到她自己的家里看什么都不顺眼啦。可是她是个穷人的孩子，她的将来是给一个工人当老婆，洗衣服，做饭，捡煤渣。哼，上学，念书，嫁给一个阔人当太太，那是一个小姐的梦！这些在我们穷人连想都想不起的。

周　冲　你的话固然有点道理，可是——

鲁大海　所以如果矿主的少爷真替四凤着想，那我就请少爷从今以后不要同她往来。

周　冲　我认为你的偏见太多，你不能说我的父亲是个矿主，你就要——

鲁大海　现在我警告你，（瞪起眼睛来）……

周　冲　警告？

鲁大海　如果什么时候我再看见你跑到我家里，再同我的妹妹在一块，我一定——（笑，忽然态度和善些下去）好，我盼望没有这事情发生，少爷，时候不早了，我们要睡觉了。

周　冲　你，你那样说话，——是我想不到的，我没想到我的父亲的话还是对的。

鲁大海　（阴沉地）哼，（爆发）你的父亲是个老混蛋！

周　冲　什么？

鲁大海　你的哥哥是——

〔四凤由左门跑进。

鲁四凤　你，你别说了！（指大海）我看你，你简直变成个怪物！

鲁大海　你，你简直是个糊涂虫！

鲁四凤　我不跟你说话了！（向周冲）你走吧，你走吧，不要同他说啦。

周　冲　（无奈地，看看大海）好，我走。（向四凤）我觉得很对不起你，来到这儿，更叫你不快活。

鲁四凤　不要提了，二少爷，你走吧，这不是你呆的地方。

周　冲　好，我走！（向大海）再见，我原谅你，（温和地）我还是愿意做你的朋友。（伸出手来）你愿意同我拉一拉手么？

〔大海没有理他，把身子转进去。

鲁四凤　哼！

〔周冲也不再说什么，即将走下。

〔鲁贵由左门上，捧着水果，酒瓶，同酒菜，脸更红，步伐有点错乱。

鲁　贵　（见周冲要走）怎么？

鲁大海　让开点，他要走了。

鲁　贵　别，别，二少爷为什么刚来就走？

鲁四凤　（愤愤）你问哥哥去！

鲁　贵　（明白了一半，忽然笑向着周冲）别理他，您坐一会儿。

周　冲　不，我是要走了。

鲁　贵　那二少爷吃点什么再走，我老远地给您买的鲜货，吃点，喝两盅再走。

周　冲　不，不早了，我要回家了。

鲁大海　（向四凤，指鲁贵的食物）他从哪儿弄来的钱买这些东西？

鲁　贵　（转过头向大海）我自己的，你爸爸赚的钱。

鲁四凤　不，爸爸，这是周家的钱！你又胡花了！（回头向大海）刚才周太太送给妈一百块钱。妈不在，爸爸不听我的话收下了。

鲁　贵　（狠狠地看四凤一眼，解释地，向大海说）人家二少爷亲自送来的。我不收还像话么？

鲁大海　（走到周冲面前）什么，你刚才是给我们送钱来的。

鲁四凤　（向大海）你现在才明白！

鲁　贵　（向大海——脸上露了卑下的颜色）你看，人家周家都是好人。

鲁大海　（掉过脸来向鲁贵）把钱给我！

鲁　贵　（疑惧地）干什么？

鲁大海　你给不给？（声色俱厉）不给，你可记得住放在箱子里的是什么东西么？

鲁　贵　（恐惧地）我给，我给！（把钞票掏出来交给大海）钱在这儿，一百块。

鲁大海　（数一遍）什么，少十块。

鲁　贵　（强笑着）我，我，我花了。

周　冲　（不愿再看他们）再见吧，我走了。

鲁大海　（拉住他）你别走，你以为我们能上你这样的当么？

周　冲　这句话怎么讲？

鲁大海　我有钱，我有钱，我口袋里刚刚剩下十块钱。（拿出零票同现洋，放在一块）刚刚十块。你拿走吧，我们不需要你们可怜我们。

鲁　贵　这不像话！

周　冲　你这个人真有点儿不懂人情。

鲁大海　对了，我不懂人情，我不懂你们这种虚伪，这种假慈悲，我不懂……

鲁四凤　哥哥！

鲁大海　拿走。我要你给我滚，给我滚蛋。

周　冲　（他的整个的幻想被打散了一半，失望地立了一会，忽然拿起钱）好，我走；我走，我错了。

鲁大海　我告诉你，以后你们周家无论哪一个再来，我就打死他，不管是谁！

周　冲　谢谢你。我想周家除了我不会再有人这么糊涂的，再见吧！（向右门下）

鲁　贵　大海。

鲁大海　（大声）叫他滚！

鲁　贵　好好好，我给您点灯，外屋黑！

周　冲　谢谢你。

（二人由右门下。

鲁四凤　二少爷！（跑下）

鲁大海　四凤，四凤，你别去！（见四凤已下）这个糊涂孩子！

〔鲁妈由右门上。

鲁大海　妈。您知道周家二少爷来了。

鲁侍萍　嗯，我看见一辆洋车在门口，我不知道是谁来，我没敢进来。

鲁大海　您知道刚才我把他赶了么？

鲁侍萍　（沉重地点一点头）知道，我刚才在门口听了一会。

鲁大海　周家的太太送了您一百块钱。

鲁侍萍　哼！（愤然）不用她给钱，我会带着女儿走的。

鲁大海　您走？带着四凤走？

鲁侍萍　嗯，明天就走。

鲁大海　明天？

鲁侍萍　我改主意了，明天。

鲁大海　好极啦！那我就不必说旁的话了。

鲁侍萍　什么？

鲁大海　（暗晦地）没有什么，我回来的时候看见四凤跟这位二少爷谈天。

鲁侍萍　（不自主地）谈什么？

鲁大海　（暗示地）不知道，像是很亲热似的。

鲁侍萍　（惊）哦？……（自语）这个糊涂孩子。

鲁大海　妈，您见着张大婶怎么样？

鲁侍萍　卖家具，已经商量好了。

鲁大海　好，妈，我走了。

鲁侍萍　你上哪儿去？

鲁大海　（孤独地）钱完了，我也许拉一晚上车。

鲁侍萍　干什么？不，用不着，妈这儿有钱，你在家睡觉。

鲁大海　不，您留着自己用吧，我走了。

〔大海由右门下。

鲁侍萍　（喊）大海，大海！

〔四凤上。

鲁四凤　妈，（不安地）您回来了。

鲁侍萍　你忙着送周家的少爷，没有顾到看见我。

鲁四凤　（解释地）二少爷是他母亲叫他来的。

鲁侍萍　我听见你哥哥说，你们谈了半天的话吧？

鲁四凤　您说我跟周家二少爷？

鲁侍萍　嗯，他谈了些什么？

鲁四凤　没有什么！——平平常常的话。

鲁侍萍　凤儿，真的？

鲁四凤　您听哥哥说了些什么话？哥哥是一点人情也不懂。

鲁侍萍　（严肃地）凤儿，（看着她，拉着她的手）你看看我，我是你的妈。是不是？

鲁四凤　妈，您怎么啦？

鲁侍萍　凤，妈是不是顶疼你？

鲁四凤　妈，您为什么说这些话？

鲁侍萍　我问你，妈是不是天底下最可怜，没有人疼的一个苦老婆子？

鲁四凤　不，妈，您别这样说话，我疼您。

鲁侍萍　凤儿，那我求你一件事。

鲁四凤　妈，您说啦，您说什么事！

鲁侍萍　你得告诉我，周家的少爷究竟跟你——怎么样了？

鲁四凤　哥总是瞎说八道的——他跟您说了什么？

鲁侍萍　不是哥，他没说什么，妈要问你！

〔远处隐雷。

鲁四凤　妈，您为什么问这个？我不跟您说过吗？一点也没什么。妈，没什么！

〔远处隐雷。

鲁侍萍　你听，外面打着雷。妈妈是个可怜人，我的女儿在这些事上不能再骗我！

鲁四凤　（顿）妈，我不骗您！我不是跟您说过，这两年——

〔鲁贵的声音：（在外屋）侍萍，快来睡觉吧，不早了。

鲁侍萍　别管我，你先睡你的。

〔鲁贵：你来！

鲁侍萍　你别管我！——（对四凤）你说什么？

鲁四凤　我不是跟你说过，这两年，我天天晚上——回家的？

鲁侍萍　孩子，你可要说实话，妈经不起再大的事啦。

鲁四凤　妈，（抽咽）妈，您为什么不信您自己的女儿呢？（扑在鲁妈怀里大哭，鲁妈抱着她）

鲁侍萍　（落眼泪）凤儿，可怜的孩子，不是我不相信你，我太爱你，我生怕外人欺负了你，（沉痛地）我太不敢相信世界上的人了。傻孩子，你不懂妈的心，妈的苦多少年是说不出来的，你妈就是在年轻的时候没有人来提醒，——可怜，妈就是一步走错，就步步走错了。孩子，我就生了你这么一个女儿，我的女儿不能再像她妈似的。人的心都靠不住，我并不是说人坏，我就是恨人性太弱，太容易变了。孩子，你是我的，你是我唯一的宝贝，你永远疼我！你要是再骗我，那就是杀了我了，我的苦命的孩子！

鲁四凤　不，妈，不，我以后永远是妈的了。

鲁侍萍　（忽然）凤儿，我在这儿一天耽心一天，我们明天一定走，离开这儿。

鲁四凤　（立起）什么，明天就走？

鲁侍萍　（果断地）嗯。我改主意了，我们明天就走。永远不回这儿来了。

鲁四凤　我们永远不回到这儿来了。妈，不，为什么这么早就走？

鲁侍萍　孩子，你要干什么？

鲁四凤　（踌躇地）我，我——

鲁侍萍　不愿意早一点儿跟妈走？

鲁四凤　（叹一口气，苦笑）也好，我们明天走吧。

鲁侍萍　（忽然疑心地）孩子，你还有什么事瞒着我。

鲁四凤　（擦着眼泪）妈，没有什么。

鲁侍萍　（慈祥地）好孩子，你记住妈刚才说的话么？

鲁四凤　记得住！

鲁侍萍　凤儿，我要你永远不见周家的人！

鲁四凤　好，妈！

鲁侍萍　（沉重地）不，要起誓。

〔四凤畏怯地望着鲁妈的严厉的脸。

鲁四凤　哦，这何必呢？

鲁侍萍　（依然严肃地）不，你要说。

鲁四凤　（跪下）妈，（扑在鲁妈身上）不，妈，我——我说不了。

鲁侍萍　（眼泪流下来）你愿意让妈伤心么？你忘记妈三年前为着你的病几乎死

了么？现在你——（回头泣）

鲁四凤　妈，我说，我说。

鲁侍萍　（立起）你就这样跪下说。

鲁四凤　妈，我答应您，以后我永远不见周家的人。

〔雷声轰地滚过去。

鲁侍萍　孩子，天上在打着雷，你要是以后忘了妈的话，见了周家的人呢？

鲁四凤　（畏怯地）妈，我不会的，我不会的。

鲁侍萍　孩子，你要说，你要说。假若你忘了妈的话，——

〔外面的雷声。

鲁四凤　（不顾一切地）那——那天上的雷劈了我。（扑在鲁妈怀里）哦，我的妈呀！（哭出声）

〔雷声轰地滚过去。

鲁侍萍　（抱着女儿，大哭）可怜的孩子，妈不好，妈造的孽，妈对不起你，是妈对不起你。（泣）

〔鲁贵由右门上。脱去短衫，他只有一件线坎肩，满身肥肉，脸上冒着油，唱着春调，眼迷迷地望着鲁妈同四凤。

鲁　贵　（向鲁妈）这么晚还不睡？你说点子什么？

鲁侍萍　你别管，你一个人去睡吧。我今天晚上就跟四凤一块儿睡了。

鲁　贵　什么？

鲁四凤　不，妈，您去吧。让我一个人在这儿。

鲁　贵　侍萍，凤儿这孩子难过一天了，你搅她干什么？

鲁侍萍　孩子，你真不要妈陪着你么？

鲁四凤　妈，您让我一个人在屋子里歇着吧。

鲁　贵　来吧，干什么？你叫这孩子好好地歇一会儿吧：她总是一个人睡的。我先走了。

〔鲁贵下。

鲁侍萍　也好，凤儿，你好好地睡，过一会儿我再来看你。

鲁四凤　嗯，妈！

〔鲁妈下。

〔四凤把右边门关上，隔壁鲁贵又唱“花开花谢年年有，人过了个青春不再来”的春调。她到圆桌前面，把洋灯的火捻小了，这时听见外面的蛙声同狗叫。她坐在床边，换了一双拖鞋，立起解开几个扣子，走两步，却又回来坐在床边，深深地叹一口气倒在床上。外屋鲁贵还低声在唱，母亲像是低声在劝他不要闹。屋外敲着一声一声的梆子。四凤又由床上坐起，拿起蒲扇用力地挥着。闷极了，她把窗户打开，立在窗前，散开自己的头发，深深吸一口长气，轻轻只把窗户关上一半。她还是烦，她想起许多许多的事。她拿手绢擦一擦脸上的汗，走到圆桌旁，又听见鲁贵说话同唱的声音。她苦闷地叫了一声“天!”忽然拿起酒瓶，放在口里喝一口。她摸摸自己的胸，觉得心里在发烧，便在桌旁坐下。

〔鲁贵由左门上，赤足，拖着鞋。

鲁　贵　你怎么还不睡?

鲁四凤　（望望他）嗯。

鲁　贵　（看她还拿着酒瓶）谁叫你喝酒啦?（拿起酒瓶同酒菜，笑着）快睡吧。

鲁四凤　（失神地）嗯。

鲁　贵　（走到门口）不早了，你妈都睡着了。

〔鲁贵下。

〔四凤到右门口，把门关上，立在右门旁一会，听见鲁贵同鲁妈说话的声音，走到圆桌旁，长叹一声，低而重地捶着桌子，扑在桌上抽咽。“天哪!”外面有口哨声，远远地。四凤突然立起，畏惧地屏住气息谛听，忽然把桌上的灯转明，跑到窗前，开窗探头向外望，过后她立刻关上，背倚着窗户，惧怕，胸间起伏不定粗重地呼吸。但是口哨的声音更清楚，她把一张红纸罩了灯，放在窗前，她的脸发白，在喘。口哨愈近，远远一阵雷，她怕了，她又把灯拿回去。她把灯转暗，倚在桌上谛听着。窗外面有脚步的声音，一两声咳嗽。四凤轻轻走到窗前，脸向着观众，倚在窗上。

〔外面的声音:（敲着窗户）

鲁四凤　（颤声）哦！

〔外面的声音：（敲着窗户，低声）喂！开！开！

鲁四凤　谁？

〔外面的声音：（含糊地）你猜！

鲁四凤　（颤声）你，你来干什么？

（外面的声音：（暗晦地）你猜猜！

鲁四凤　我现在不能见你。（脸色灰白，声音打着颤）

〔外面的声音：（含糊的笑声）这是你心里的话么？

鲁四凤　（急切地）我妈在家里。

〔外面的声音：（带着诱意）不用骗我！她睡着了。

鲁四凤　（关心地）你小心，我哥哥恨透了你。

〔外面的声音：（漠然）他不在家，我知道。

鲁四凤　（转身，背向观众）你走！

〔外面的声音：我不！（外面向里用力推窗门，四凤用力挡住）

鲁四凤　（焦急地）不，不，你不要进来。

（外面的声音：（低声）四凤，我求你，你开开！

鲁四凤　不，不！已经到了半夜，我的衣服都脱了。

〔外面的声音：（急迫地）什么，你衣服脱了？

鲁四凤　（点头）嗯，我已经在床上睡着了！

（外面的声音：（颤声）那……那……我就……我（叹一口长气）——

鲁四凤　（恳求地）那你不要进来吧，好不好？

〔外面的声音：（转了口气）好，也好，我就走，（又急切地）可是你先打开窗门，叫我……

鲁四凤　不，不，你赶快走！

〔外面的声音：（急切地恳求）不，四凤，你只叫我……啊……只叫我亲一回吧。

鲁四凤　（苦痛地）啊，大少爷，这不是你的公馆，你饶了我吧。

〔外面的声音：（怨恨地）那么你忘了我了，你不再想……

鲁四凤　（决心地）对了。（转过身，面向观众，苦痛地）我忘了你了。你走吧。

〔外面的声音：（忽然地）是不是刚才我的弟弟来了？

鲁四凤　嗯，（踌躇地）……他……他……他来了！

〔外面的声音：（尖酸地）哦！（长长叹一口气）那就怪不得你，你现在这样了。

鲁四凤　（没有办法）你明明知道我是不喜欢他的。

〔外面的声音：（狠毒地）哼，没有心肝，只要你变了心，小心我……（冷笑）

鲁四凤　谁变了心？

〔外面的声音：（恶躁地）那你为什么不打开门，让我进来？你不知道我是真爱你么？我没有你不成么？

鲁四凤　（哀诉地）哦，大少爷，你别再缠我好不好？今天一天你替我们闹出许多事，你还不够么？

〔外面的声音：（真挚地）那我知道错了，不过，现在我要见你，对了，我要见你。

鲁四凤　（叹一口气）好，那明天说吧！明天我依你，什么都成！

〔外面的声音：（恳切地）明天？

鲁四凤　（苦笑，眼泪落了下来，擦眼泪）明天！对了，明天。

〔外面的声音：（犹疑地）明天，真的？

鲁四凤　嗯，真的，我没有骗过你。

〔外面的声音：好吧，就这样吧，明天，你不要冤我。

〔足步声。

鲁四凤　你走了？

〔外面的声音：嗯，走了。

〔足步声渐远。

鲁四凤　（心里一块石头落下来，自语）他走了！哦，（摸自己的胸）这样闷，这样热。（把窗户打开，立窗前，风吹进来，她摸自己火热的面孔，深深叹一口气）唉！

〔周萍忽然立在窗口。

鲁四凤　哦，妈呀！（忙关窗门，周萍已推开一点，二人挣扎）

周　萍　（手推着窗门）这次你赶不走我了。

鲁四凤　（用力关）你……你……你走！（二人一推一拒相持中）

〔周萍到底越过窗进来，他满身泥泞，右半脸沾着鲜红的血。

周　萍　你看我还是进来了。

鲁四凤　（退后）你又喝醉了！

周　萍　不，（乞怜地）四凤，你为什么躲我？你今天变了，我明天一早就走，你骗我，你要我明天见你。我能见你就是这一点时候，你为什么害怕不敢见我？（右半血脸转过来）

鲁四凤　（怕）你的脸怎么啦？（指周萍的血脸）

周　萍　（摸脸，一手的血）为着找你，我路上摔的。（挨近四凤）

鲁四凤　不，不，你走吧，我求你，你走吧。

周　萍　（奇怪地笑着）不，我得好好地看看你。（拉住她的手）

〔雷声大作。

鲁四凤　（躲开）不，你听，雷，雷，你给我关上窗户。

（周萍关上窗户。

周　萍　（挨近）你怕什么？

鲁四凤　（颤声）我怕你，（退后）你的样子难看，你的脸满是血。……我不认识你……你是……

周　萍　（怪样地笑）你以为我是谁？傻孩子？（拉她的手）

〔外面有女人叹气的声音，敲窗户。

鲁四凤　（推开他）你听，这是什么？像是有人在敲窗户。

周　萍　（听）胡说，没有什么！

鲁四凤　有，有，你听，像有个女人在叹气。

周　萍　（听）没有，没有，（忽然笑）你大概见了鬼。

〔雷声大作，一声霹雳。

鲁四凤　（低声）哦，妈。（跑到周萍怀里）我怕！（躲在角落里）

〔雷声轰轰，大雨下，舞台渐暗。一阵风吹开窗户，外面黑黝黝的。忽然一片蓝森森的闪电，照见了蘩漪的惨白发死青的脸露在窗台上面。她像个死尸，任着一条一条的雨水向散乱的头发上淋她。痉挛地不出声地苦笑，泪水流到眼角下，望着里面只顾拥抱的人们。闪电止了，窗外又是黑漆漆的。再闪时，见她伸进手，拉着窗扇，慢慢地由外面关上。雷更隆隆地响着，屋子整个黑下来。黑暗里，只听见四凤低声说话。

鲁四凤　（低声）你抱紧我，我怕极了。

〔舞台黑暗一时，只露着圆桌上的洋灯，和窗外蓝森森的闪电。听见屋外大海叫门的声音，大海进门的声音。舞台渐明，周萍坐在圆椅上，四凤在旁立，床上微乱。

周　萍　（谛听）这是谁？

鲁四凤　你别作声！

〔鲁妈的声音：怎么回来了，大海？

〔大海的声音：雨下得太大，车厂的房子塌了。

鲁四凤　（低声而急促地）哥哥来了，你走，你赶快走。

〔周萍忙至窗前，推窗。

周　萍　（推不动）奇怪！

鲁四凤　怎么？

周　萍　（急迫地）窗户外面有人关上了。

鲁四凤　（怕）真的，那会是谁？

周　萍　（再推）不成，开不动。

鲁四凤　你别作声音，他们就在门口。

〔大海的声音：铺板呢？

〔鲁妈的声音：在四凤屋里。

鲁四凤　哦，萍，他们要进来。你藏，你藏起来。

〔四凤正引周萍入左门，大海持灯推门进。

鲁大海　（慢，嘘声）什么？（见四凤同周萍，二人俱僵立不动，静默，哑声）妈，您快进来，我见了鬼！

〔鲁妈急进。

鲁侍萍　（喑哑）天！

鲁四凤　（见鲁妈进，即由右门跑出，苦痛地）啊！

〔鲁妈扶着门闩。几乎晕倒。

鲁大海　哦，原来是你！（拾起桌上铁刀，奔向周萍，鲁妈用力拉着他的衣襟）

鲁侍萍　大海，你别动，你动，妈就死在你的面前。

鲁大海　您放下我，您放下我！（急得跺脚）

鲁侍萍　（见周萍惊立不动，顿足）糊涂东西，你还不跑？

〔周萍由右门跑下。

鲁大海　（喊）抓住他！爸，抓住他！（大海被母亲拖着，他想追，把她在地上拖了几步）

鲁侍萍　（见周萍已跑远，坐在地上发呆）哦，天！

鲁大海　（跺足）妈！妈！你好糊涂！

〔鲁贵上。

鲁　贵　他走了？咦，可是四凤呢？

鲁大海　不要脸的东西，她跑了。

鲁侍萍　哦，我的孩子，我的孩子，外面的河涨了水，我的孩子。你千万别糊涂！四凤！（跑）

鲁大海　（拉着她）你上哪儿？

鲁侍萍　这么大的雨她跑出去，我要找她。

鲁大海　好，我也去。

鲁侍萍　我等不了！（跑下，喊“四凤！”声音愈走愈远）

〔鲁贵忽然也戴上帽子跑出，大海一人立在圆桌前不动，他走到箱子那里，把手枪取出来，看一看。揣在怀里，快步走下。外面是暴风雨的声音，同鲁妈喊四凤的声音。

——幕急落

第四幕

景——周宅客厅内。半夜两点钟的光景。

〔开幕时，周朴园一人坐在沙发上，读文件；旁边燃着一个立灯，四周是黑暗的。

〔外面还隐隐滚着雷声，雨声淅沥可闻，窗前帷幕垂下来了，中间的门紧紧地掩了，由门上玻璃望出去，花园的景物都掩埋在黑暗里，除了偶尔天空闪过一片耀目的电光，蓝森森的看见树同电线杆，一瞬又是黑漆漆的。

周朴园　（放下文件，呵欠，疲倦地伸一伸腰）来人啦！（取眼镜，擦目，声略高）来人！（擦着眼镜，走到左边饭厅门口，又恢复平常的声调）这儿有人么？（外面闪电，停，走到右边柜前，按铃。无意中又望见侍萍的相片，拿起，戴上眼镜看）

〔仆人上。

仆　人　老爷！

周朴园　我叫了你半天。

仆　人　外面下雨，听不见。

周朴园　（指钟）钟怎么停了？

仆　人　（解释地）每次总是四凤上的，今天她走了，这件事就忘了。

周朴园　什么时候了？

仆　人　嗯，——大概有两点钟了。

周朴园　刚才我叫账房汇一笔钱到济南去，他们弄清楚了没有？

仆　人　您说寄给济南一个，一个姓鲁的，是么？

周朴园　嗯。

仆　人　预备好了。

〔外面闪电，朴园回头望花园。

周朴园　藤萝架那边的电线，太太叫人来修理了么？

仆　人　叫了，电灯匠说下着大雨不好修理，明天再来。

周朴园　那不危险么？

仆　人　可不是么？刚才大少爷的狗走过那儿，碰着那根电线，就给电死了。现在那儿已经用绳子圈起来，没有人走那儿。

周朴园　哦。——什么，现在几点了？

仆　人　两点多了。老爷要睡觉么？

周朴园　你请太太下来。

仆　人　太太睡觉了。

周朴园　（无意地）二少爷呢？

仆　人　早睡了。

周朴园　那么，你看看大少爷。

仆　人　大少爷吃完饭出去，还没有回来。

〔沉默半晌。

周朴园　（走回沙发前坐下，寂寞地）怎么这屋子一个人也没有？

仆　人　是，老爷，一个人也没有。

周朴园　今天早上没有一个客来。

仆　人　是，老爷。外面下着很大的雨，有家的都在家里呆着。

周朴园　（呵欠，感到更深的空洞）家里的人也只有我一个人还在醒着。

仆　人　是，差不多都睡了。

周朴园　好，你去吧。

仆　人　您不要什么东西么？

周朴园　我不要什么。

〔仆人由中门下。朴园站起来，在厅中来回沉闷地踱着，又停在右边柜前，拿起侍萍的相片。开了中间的灯。

〔周冲由饭厅上。

周　冲　（没想到父亲在这儿）爸！

周朴园　（露喜色）你——你没有睡？

周　冲　嗯。

周朴园　找我么？

周　冲　不，我以为母亲在这儿。

周朴园　（失望）哦——你母亲在楼上。

周　冲　没有吧，我在她的门上敲了半天，她的门锁着。——是的，那也许。——爸，我走了。

周朴园　冲儿，（周冲立）不要走。

周　冲　爸，您有事？

周朴园　没有。（慈爱地）你现在怎么还不睡？

周　冲　（服从地）是，爸，我睡晚了，我就睡。

周朴园　你今天吃完饭把克大夫给的药吃了么？

周　冲　吃了。

周朴园　打了球没有？

周　冲　嗯。

周朴园　快活么？

周　冲　嗯。

周朴园　（立起，拉起他的手）为什么，你怕我么？

周　冲　是，爸爸。

周朴园　（干涩地）你像是有点不满意我，是么？

周　冲　（窘迫）我，我说不出来，爸。

〔半晌。

〔朴园走回沙发，坐下叹一口气。招周冲来，周冲走近。

周朴园　（寂寞地）今天——呃，爸爸有一点觉得自己老了。（停）你知道么？

周　冲　（冷淡地）不，不知道，爸。

周朴园　（忽然）你怕你爸爸有一天死了，没有人照拂你，你不怕么？

周　冲　（无表情地）嗯，怕。

周朴园　（想自己的儿子亲近他，可亲地）你今天早上说要拿你的学费帮一个人，你说说看，我也许答应你。

周　冲　（悔怨地）那是我糊涂，以后我不会这样说话了。

〔半晌。

周朴园　（恳求地）后天我们就搬新房子，你不喜欢么？

周　冲　嗯。

〔半晌。

周朴园　（责备地望着周冲）你对我说话很少。

周　冲　（无神地）嗯，我——我说不出，您平时总像不愿意见我们似的。（嗫嚅地）您今天有点奇怪，我——我——

周朴园　（不愿他向下说）嗯，你去吧！

周　冲　是，爸爸。

〔周冲由饭厅下。

〔朴园失望地看着他儿子下去，立起，拿起侍萍的照片，寂寞地呆望着四周。关上立灯，面向书房。

〔蘩漪由中门上。不做声地走进来，雨衣上的水还在往下滴，发鬓有些湿。颜色是很惨白，整个面部像石膏的塑像。高而白的鼻梁，薄而红的嘴唇死死地刻在脸上，如刻在一个严峻的假面上，整个脸庞是无表情的，只有她的眼睛烧着心内的疯狂的火，然而也是冷酷的，爱和恨烧尽了女人一切的仪态，她像是厌弃了一切，只有计算着如何报复的心念在心中起伏。

〔她看见朴园，他惊愕地望着她。

周蘩漪　（毫不奇怪地）还没有睡？（立在中门前，不动）

周朴园　你？（走近她，粗而低的声音）你上哪儿去了？（望着她，停）冲儿找你一晚上。

周蘩漪　（平常地）我出去走走。

周朴园　这样大的雨，你出去走？

周蘩漪　嗯，——（忽然报复地）我有神经病。

周朴园　我问你，你刚才在哪儿？

周蘩漪　（厌恶地）你不用管。

周朴园　（打量她）你的衣服都湿了，还不脱了它？

周蘩漪　（冷冷地，有意义地）我心里发热，我要在外面冰一冰。

周朴园　（不耐烦地）不要胡言乱语的，你刚才究竟上哪儿去了？

周蘩漪　（无神地望着他，清楚地）在你的家里！

周朴园　（烦恶地）在我的家里？

周蘩漪　（觉得报复的快感，微笑）嗯，在花园里赏雨。

周朴园　一夜晚？

周蘩漪　（快意地）嗯，淋了一夜晚。

〔半晌，朴园惊疑地望着她，蘩漪像一座石像地仍站在门前。

周朴园　蘩漪，我看你上楼去歇一歇吧。

周蘩漪　（冷冷地）不，不，（忽然）你拿的什么？（轻蔑地）哼，又是那个女人的相片！（伸手拿）

周朴园　你可以不看，萍儿母亲的。

周蘩漪　（抢过去了，前走了两步，就向灯下看）萍儿的母亲很好看。

〔朴园没有理她，在沙发上坐下。

周蘩漪　我问你，是不是？

周朴园　嗯。

周蘩漪　样子很温存的。

周朴园　（眼睛望着前面）

周蘩漪　她很聪明。

周朴园　（冥想）嗯。

周蘩漪　（高兴地）真年轻。

周朴园　（不自觉地）不，老了。

周蘩漪　（想起）她不是早死了么？

周朴园　嗯，对了，她早死了。

周蘩漪　（放下相片）奇怪，我像是在哪儿见过似的。

周朴园　（抬起头，疑惑地）不，不会吧。——你在哪儿见过她吗？

周蘩漪　（忽然）她的名字很雅致，侍萍，侍萍，就是有点丫头气。

周朴园　好，我看你睡去吧。（立起，把相片拿起来）

周蘩漪　拿这个做什么？

周朴园　后天搬家，我怕掉了。

周蘩漪　不，不，（从他手中取过来）放在这儿一晚上，（怪样地笑）不会掉的，我替你守着她。（放在桌上）

周朴园　不要装疯！你现在有点胡闹！

周蘩漪　我是疯了。请你不用管我。

周朴园　（愠怒）好，你上楼去吧，我要一个人在这儿歇一歇。

周蘩漪　不，我要一个人在这儿歇一歇，我要你给我出去。

周朴园　（严肃地）蘩漪，你走，我叫你上楼去！

周蘩漪　（轻蔑地）不，我不愿意。我告诉你，（暴躁地）我不愿意。

〔半晌。

周朴园　（低声）你要注意这儿（指头），记着克大夫的话，他要你静静地，少说话。明天克大夫还来，我已经替你请好了。

周蘩漪　谢谢你！（望着前面）明天？哼！

〔周萍低头由饭厅走出，神色忧郁，走向书房。

周朴园　萍儿。

周　萍　（抬头，惊讶）爸！您还没有睡。

周朴园　（责备地）怎么，现在才回来？

周　萍　不，爸，我早回来，我出去买东西去了。

周朴园　你现在做什么？

周　萍　我到书房，看看爸写的介绍信在那儿没有。

周朴园　你不是明天早车走么？

周　萍　我忽然想起今天夜晚两点半有一趟车，我预备现在就走。

周蘩漪　（忽然）现在？

周　萍　嗯。

周蘩漪　（有意义地）心里就这样急么？

周　萍　是，母亲。

周朴园　（慈爱地）外面下着大雨，半夜走不大方便吧？

周　萍　这时走，明天日初到，找人方便些。

周朴园　信就在书房书桌上，你要现在走也好。

〔周萍点头，走向书房。

周朴园　你不用去！（向蘩漪）你到书房把信替他拿来。

周蘩漪　（看朴园，不信任地）嗯！

〔蘩漪进书房。

周朴园　（望蘩漪出，谨慎地）她不愿上楼，回头你先陪她到楼上去，叫底下人好好地伺候她睡觉。

周　萍　（无法地）是，爸爸。

周朴园　（更小心）你过来！（周萍走近，低声）告诉底下人，叫他们小心点，（烦恶地）我看她的病更重，刚才她忽然一个人出去了。

周　萍　出去了？

周朴园　嗯。（严重地）在外面淋了一夜晚的雨，说话也非常奇怪，我怕这不是好现象。——（觉得恶兆来了似的）我老了，我愿意家里平平安安地……

周　萍　（不安地）我想爸爸只要把事不看得太严重了，事情就会过去的。

周朴园　（畏缩地）不，不，有些事简直是想不到的。天意很——有点古怪，今天一天叫我忽然悟到为人太——太冒险，太——太荒唐，（疲倦地）我累得很。（如释重负）今天大概是过去了。（自慰地）我想以后——不该，再有什么风波。（不寒而栗地）不，不该！

〔蘩漪持信上。

周蘩漪　（嫌恶地）信在这儿！

周朴园　（如梦初醒，向周萍）好，你走吧，我也想睡了。（振起喜色）嗯！后天我们一定搬新房子，（向蘩漪）你好好地休息两天。

周蘩漪　（盼望他走）嗯，好。

〔朴园由书房下。

周蘩漪　（见朴园走出，阴沉地）这么说你是一定要走了。

周　萍　（声略带愤）嗯。

周蘩漪　（忽然急躁地）刚才你父亲对你说什么？

周　萍　（闪避地）他说要我陪你上楼去，请你睡觉。

周蘩漪　（冷笑）他应当叫几个人把我拉上去，关起来。

周　萍　（故意装做不明白）你这是什么意思？

周蘩漪　（迸发）你不用瞒我。我知道，我知道，（辛酸地）他说我是神经病，疯子，我知道他，要你这样看我，他要什么人都这样看我。

周　萍　（心悸）不，你不要这样想。

周蘩漪　（奇怪的神色）你？你也骗我？（低声，阴郁地）我从你们的眼神看出来，你们父子都愿我快成疯子！（刻毒地）你们——父亲同儿子——偷偷在我背后说冷话，说我，笑我，在我背后计算着我。

周　萍　（镇静自己）你不要神经过敏，我送你上楼去。

周蘩漪　（突然地，高声）我不要你送，走开！（抑制着，恨恶地，低声）我还用不着你父亲偷偷地，背着我，叫你小心，送一个疯子上楼。

周　萍　（抑制着自己的烦嫌）那么，你把信给我，让我自己走吧。

周蘩漪　（不明白地）你上哪儿？

周　萍　（不得已地）我要走，我要收拾收拾我的东西。

周蘩漪　（忽然冷静地）我问你，你今天晚上上哪儿去了？

周　萍　（敌对地）你不用问，你自己知道。

周蘩漪　（低声，恐吓地）到底你还是到她那儿去了。

〔半晌，蘩漪望周萍，周萍低头。

周　萍　（断然，阴沉地）嗯，我去了，我去了，（挑战地）你要怎么样？

周蘩漪　（软下来）不怎么样。（强笑）今天下午的话我说错了，你不要怪我。

我只问你走了以后，你预备把她怎么样？

周　萍　以后？——（贸然地）我娶她！

周蘩漪　（突如其来地）娶她？

周　萍　（决定地）嗯。

周蘩漪　（刺心地）父亲呢？

周　萍　（淡然）以后再说。

周蘩漪　（神秘地）萍，我现在给你一个机会。

周　萍　（不明白）什么？

周蘩漪　（劝诱地）如果今天你不走，你父亲那儿我可以替你想法子。

周　萍　不必，这件事我认为光明正大，我可以跟任何人谈。——她——她不过就是穷点。

周蘩漪　（愤然）你现在说话很像你的弟弟。——（忧郁地）萍！

周　萍　干什么？

周蘩漪　（阴郁地）你知道你走了以后，我会怎么样？

周　萍　不知道。

周蘩漪　（恐惧地）你看看你的父亲，你难道想象不出？

周　萍　我不明白你的话。

周蘩漪　（指自己的头）就在这儿；你不知道么？

周　萍　（似懂非懂地）怎么讲？

周蘩漪　（好像在叙述别人的事情）第一，那位专家，克大夫免不了会天天来的，要我吃药，逼我吃药。吃药，吃药，吃药！渐渐伺候着我的人一定多，守着我，像看个怪物似地守着我。他们——

周　萍　（烦）我劝你，不要这样胡想，好不好？

周蘩漪　（不顾地）他们渐渐学会了你父亲的话，“小心，小心点，她有点疯病！”到处都偷偷地在我背后低着声音说话，叽咕着。慢慢地无论谁都要小心点，不敢见我，最后铁链子锁着我，那我真就成了疯子了。

周　萍　（无办法）唉！（看表）不早了，给我信吧，我还要收拾东西呢。

周蘩漪　（恳求地）萍，这不是不可能的。（乞怜地）萍，你想一想，你就一点

——就一点无动于衷么?

周　萍　你——(故意恶狠地)你自己要走这一条路,我有什么办法?

周蘩漪　(愤怒地)什么,你忘记你自己的母亲也是被你父亲气死的么?

周　萍　(一了百了,更狠毒地激惹她)我母亲不像你,她懂得爱!她爱她自己的儿子,她没有对不起我父亲。

周蘩漪　(爆发,眼睛射出疯狂的火)你有权利说这种话么?你忘了就在这屋子,三年前的你么?你忘了你自己才是个罪人;你忘了,我们——(突停,压制自己,冷笑)哦,这是过去的事,我不提了。

〔周萍低头,身发颤,坐沙发上,悔恨抓着他的心,面上筋肉成不自然的拘挛。

周蘩漪　(她转向他,哭声,失望地说着)哦,萍,好了。这一次我求你,最后一次求你。我从来不肯对人这样低声下气说话,现在我求你可怜可怜我,这家我再也忍受不住了。(哀婉地诉出)今天这一天我受的罪过你都看见了,这样子以后不是一天,是整月,整年地,以至到我死,才算完。他厌恶我,你的父亲;他知道我明白他的底细,他怕我。他愿意人人看我是怪物,是疯子,萍!——

周　萍　(心乱)你,你别说了。

周蘩漪　(急迫地)萍,我没有亲戚,没有朋友,没有一个可信的人,我现在求你,你先不要走——

周　萍　(躲闪地)不,不成。

周蘩漪　(恳求地)即使你要走,你带我也离开这儿——

周　萍　(恐惧地)什么。你简直胡说!

周蘩漪　(恳求地)不,不,你带我走,——带我离开这儿,(不顾一切地)日后,甚至于你要把四凤接来——一块儿住,我都可以,只要,(热烈地)只要你不离开我。

周　萍　(惊惧地望着她,退后,半晌,颤声)我——我怕你真疯了!

周蘩漪　(安慰地)不,你不要这样说话。只有我明白你,我知道你的弱点,你也知道我的。你什么我都清楚。(诱惑地笑,向周萍奇怪地招着手,更诱惑地笑）你过来，你——你怕什么？

周　萍　（望着她，忍不住地狂喊出来）哦，我不要你这样笑！（更重）不要你这样对我笑！（苦恼地打着自己的头）哦，我恨我自己，我恨，我恨我为什么要活着。

周蘩漪　（酸楚地）我这样累你么？然而你知道我活不到几年了。

周　萍　（痛苦地）你难道不知道这种关系谁听着都厌恶么？你明白我每天喝酒胡闹就因为自己恨——恨我自己么？

周蘩漪　（冷冷地）我跟你说过多少遍，我不这样看，我的良心不是这样做的。（郑重地）萍，今天我做错了，如果你现在听我的话，不离开家，我可以再叫四凤回来。

周　萍　什么？

周蘩漪　（清清楚楚地）叫她回来还来得及。

周　萍　（走到她面前，声沉重，慢说）你给我滚开！

周蘩漪　（顿，又缓缓地）什么？

周　萍　你现在不像明白人，你上楼睡觉去吧。

周蘩漪　（明白自己的命运）那么，完了。

周　萍　（疲倦地）嗯，你去吧。

周蘩漪　（绝望，沉郁地）刚才我在鲁家看见你同四凤。

周　萍　（惊）什么，你刚才是到鲁家去了？

周蘩漪　（坐下）嗯，我在他们家附近站了半天。

周　萍　（悔惧）什么时候你在那里？

周蘩漪　（低头）我看着你从窗户进去。

周　萍　（急切）你呢？

周蘩漪　（无神地望着前面）就走到窗户前面站着。

周　萍　那么有一个女人叹气的声音是你么？

周蘩漪　嗯。

周　萍　后来，你又在那里站多半天？

周蘩漪　（慢而清朗地）大概是直等到你走。

周　萍　哦！（走到她身旁，低声）那窗户是你关上的，是么？

周繁漪　（更低的声音，阴沉地）嗯，我。

周　萍　（恨极，恶毒地）你是我想不到的一个怪物！

周繁漪　（抬起头）什么？

周　萍　（暴烈地）你真是一个疯子！

周繁漪　（无表情地望着他）你要怎么样？

周　萍　（狠恶地）我要你死！再见吧！

〔周萍由饭厅急走下，门猝然地关上。

周繁漪　（呆滞地坐了一下，望着饭厅的门。瞥见侍萍的相片，拿在手上，低声，阴郁地）这是你的孩子！（缓缓扯下硬卡片贴的相纸，一片一片地撕碎。沉静地立起来，走了两步）奇怪，心里静的很！

〔中门轻轻推开，蘩漪回头，鲁贵缓缓地走进来。他的狡黠的眼睛，望着她笑着。

鲁　贵　（鞠躬，身略弯）太太，您好。

周繁漪　（略惊）你来做什么？

鲁　贵　（假笑）给您请安来了。我在门口等了半天。

周繁漪　（镇静）哦，你刚才在门口？

鲁　贵　（低声）对了。（更秘密地）我看见大少爷正跟您打架，我——（假笑）我就没敢进来。

周繁漪　（沉静地，不为所迫）你原来要做什么？

鲁　贵　（有把握地）原来我倒是想报告给太太，说大少爷今天晚上喝醉了，跑到我们家里去。现在太太既然是也去了，那我就不必多说了。

周繁漪　（嫌恶地）你现在想怎么样？

鲁　贵　（倨傲地）我想见见老爷。

周繁漪　老爷睡觉了，你要见他什么事？

鲁　贵　没有什么，要是太太愿意办，不找老爷也可以。——（着重，有意义地）都看太太要怎么样。

周繁漪　（半晌，忍下来）你说吧，我也许可以帮你的忙。

鲁　贵　（重复一遍，狡黠地）要是太太愿意做主，不叫我见老爷，多麻烦，（假笑）那就大家都省事了。

周蘩漪　（仍不露声色）什么，你说吧。

鲁　贵　（谄媚地）太太做了主，那就是您积德了。——我们只是求太太还赏饭吃。

周蘩漪　（不高兴地）你，你以为我——（转缓和）好，那也没有什么。

鲁　贵　（得意地）谢谢太太。（伶俐地）那么就请太太赏个准日子吧。

周蘩漪　（爽快地）你们在搬了新房子后一天来吧。

鲁　贵　（行礼）谢谢太太恩典！（忽然）我忘了，太太，您没见着二少爷么？

周蘩漪　没有。

鲁　贵　您刚才不是叫二少爷赏给我们一百块钱么？

周蘩漪　（烦厌地）嗯？

鲁　贵　（婉转地）可是，可是都叫我们少爷回了。

周蘩漪　你们少爷？

鲁　贵　（解释地）就是大海——我那个狗食的儿子。

周蘩漪　怎么样？

鲁　贵　（很文雅地）我们的侍萍，实在还不知道呢。

周蘩漪　（惊，低声）侍萍？（沉下脸）谁是侍萍？

鲁　贵　（以为自己被轻视了，侮慢地）侍萍就是侍萍，我的家里的——，就是鲁妈。

周蘩漪　你说鲁妈，她叫侍萍？

鲁　贵　（自夸地）她也念过书。名字是很雅气的。

周蘩漪　“侍萍”，那两个字怎么写，你知道么？

鲁　贵　我，我，（为难，勉强笑出来）我记不得了。反正那个萍字是跟大少爷名字的萍我记得是一样的。

周蘩漪　哦！（忽然把地上撕破的相片碎片拿起来对上，给他看）你看看，这个人你认识不认识？

鲁　贵　（看了一会，抬起头）不认识，太太。

周蘩漪　（急切地）你认识的人没有一个像她的么？（略停）你想想看，往近处想。

鲁　贵　（摇头）没有一个，太太，没有一个。（突然疑惧地）太太，您怎么？

周蘩漪　（回思，自己疑惑）多半我是胡思乱想。（坐下）

鲁　贵　（贪婪地）啊，太太，您刚才不是赏我们一百块么？可是我们大海又把钱回了，您想，——

〔中门渐渐推开。

鲁　贵　（回头）谁？

〔大海由中门进，衣服俱湿，脸色阴沉，眼不安地向四面望，疲倦，憎恨在他举动里显明地露出来。蘩漪惊讶地望着他。

鲁大海　（向鲁贵）你在这儿！

鲁　贵　（讨厌他的儿子）嗯，你怎么进来的？

鲁大海　（冰冷地）铁门关着，叫不开，我爬墙进来的。

鲁　贵　你现在来这儿干什么？你为什么不看看你妈，找四凤怎么样了？

鲁大海　（用一块湿手巾擦着脸上的雨水）四凤没找着，妈在门外等着呢。（沉重地）你看见四凤了么？

鲁　贵　（轻蔑）没有，我没有看见。（觉得大海小题大做，烦恶地皱着眉毛）不要管她，她一会儿就会回家。（走近大海）你跟我回去。周家的事情也妥了，都完了，走吧！

鲁大海　我不走。

鲁　贵　你要干什么？

鲁大海　你也别走，——你先给我把这儿大少爷叫出来，我找不着他。

鲁　贵　（疑惧地，摸着自己的下巴）你要怎么样？我刚弄好，你是又要惹祸？

鲁大海　（冷静地）没有什么，我只想跟他谈谈。

鲁　贵　（不信地）我看你不对，你大概又要——

鲁大海　（暴躁地，抓着鲁贵的领口）你找不找？

鲁　贵　（怯弱地）我找，我找，你先放下我。

鲁大海　好，（放开他）你去吧。

鲁　贵　大海，你，你得答应我，你可是就跟大少爷说两句话，你不会——

鲁大海　嗯，我告诉你，我不是打架来的。

鲁　贵　真的？

鲁大海　（可怕地走到鲁贵的面前，低声）你去不去？

鲁　贵　我，我，大海，你，你——

周蘩漪　（镇静地）鲁贵，你去叫他出来，我在这儿，不要紧的。

鲁　贵　也好，（向大海）可是我请完大少爷，我就从那门走了，我，（笑）我有点事。

鲁大海　（命令地）你叫他们把门开开，让妈进来，领她在房里避一避雨。

鲁　贵　好，好，（向饭厅下）完了，我可有事。我就走了。

鲁大海　站住！（走前一步，低声）你进去，要是不找他出来就一人跑了，你可小心我回头在家里，——哼！

鲁　贵　（生气）你，你，你——（低声，自语）这个小王八蛋！（没法子，走进饭厅下）

周蘩漪　（立起）你是谁？

鲁大海　（粗鲁地）四凤的哥哥。

周蘩漪　（柔声）你是到这儿来找她么？你要见我们大少爷么？

鲁大海　嗯。

周蘩漪　（眼色阴沉地）我怕他会不见你。

鲁大海　（冷静地）那倒许。

周蘩漪　（缓缓地）听说他现在就要上车。

鲁大海　（回头）什么！

周蘩漪　（阴沉的暗示）他现在就要走。

鲁大海　（愤怒地）他要跑了，他——

周蘩漪　嗯，他——

〔周萍由饭厅上，脸上有些慌，他看见大海，勉强地点一点头，声音略有点颤，他极力在镇静自己。

周　萍　（向大海）哦！

鲁大海　好。你还在这儿，（回头）你叫这位太太走开，我有话要跟你一个人说。

周　萍　（望着蘩漪，她不动，再走到她面前）请您上楼去吧。

周蘩漪　好！（昂首由饭厅下）

〔半晌。二人都紧紧地握着拳，大海愤愤地望着他，二人不动。

周　萍　（耐不住，声略颤）没想到你现在到这儿来。

鲁大海　（阴沉沉）听说你要走。

周　萍　（惊，略镇静，强笑）不过现在也赶得上，你来得还是时候，你预备怎么样？我已经准备好了。

鲁大海　（狠恶地笑一笑）你准备好了？

周　萍　（沉郁地望着他）嗯。

鲁大海　（走到他面前）你！（用力地击着周萍的脸，方才的创伤又破，血向下流）

周　萍　（握着拳抑制自己）你，你，——（忍下去，由袋内抽出白绸手绢擦脸上的血）

鲁大海　（切齿地）哼？现在你要跑了！

〔半晌。

周　萍　（压下自己的怒气，辩白地，故意用低沉的声音）我早有这个计划。

鲁大海　（恶狠地笑）早有这个计划？

周　萍　（平静下来）我以为我们中间误会太多。

鲁大海　误会？（看自己手上的血，擦在身上）我对你没有误会，我知道你是没有血性，只顾自己的一个十足的混蛋。

周　萍　（柔和地）我们两次见面，都是我性子最坏的时候，叫你得着一个最坏的印象。

鲁大海　（轻蔑地）不用推托，你是个少爷，你心地混账，你们都是吃饭太容易，有劲儿不知道怎样使，就拿着穷人家的女儿开开心，完了事可以不负一点儿责任。

周　萍　（看出大海的神气，失望地）现在我想辩白是没有用的。我知道你是有目的而来的。（平静地）你把你的枪或者刀拿出来吧。我愿意任你收给我。

鲁大海　（侮蔑地）你会这样大方，——在你家里，你很聪明！哼，可是你不值得我这样，我现在还不愿意拿我这条有用的命换你这半死的东西。

周　萍　（直视大海，有勇气地）我想你以为我现在是怕你。你错了，与其说我怕你，不如说我怕我自己；我现在做错了一件事，我不愿做错第二件事。

鲁大海　（嘲笑地）我看像你这种人，活着就错了。刚才要不是我的母亲，我当时就宰了你！（恐吓地）现在你的命还在我的手心里。

周　萍　我死了，那是我的福气。（辛酸地）你以为我怕死，我不，我不，我恨活着，我欢迎你来。我够了，我是活厌了的人。

鲁大海　（厌恨地）哦，你——活厌了，可是你还拉着我年轻的糊涂妹妹陪着你，陪着你。

周　萍　（无法，强笑）你说我自私么？你以为我是真没有心肝，跟她开开心就完了么？你问问你的妹妹，她知道我是真爱她。她现在就是我能活着的一点生机。

鲁大海　你倒说得很好！（突然）那你为什么——为什么不娶她？

周　萍　（略顿）那就是我最恨的事情。我的环境太坏。你想想我这样的家庭怎么允许有这样的事。

鲁大海　（辛辣地）哦，所以你就可以一面表示你是真心爱她，跟她做出什么不要脸的事都可以，一面你还得想着你的家庭，你的董事长爸爸。他们叫你随便就丢掉她，再娶一个门当户对的阔小姐来配你，对不对？

周　萍　（忍耐不下）我要你问问四凤，她知道我这次出去，是离开了家庭，设法脱离了父亲，有机会好跟她结婚的。

鲁大海　（嘲弄）你推得很好。那么像你深更半夜的，刚才跑到我家里，你怎样推托呢？

周　萍　（迸发，激烈地）我所说的话不是推托，我也用不着跟你推托，我现在看你是四凤的哥哥，我才这样说。我爱四凤，她也爱我，我们都年轻，我们都是人，两个人天天在一起，结果免不了有点荒唐。然而我相信我以后会对得起她，我会娶她做我的太太，我没有一点亏心的地方。

鲁大海　这么，你反而很有理了。可是，董事长大少爷，谁相信你会爱上一个工人的妹妹，一个当老妈子的穷女儿？

周　萍　（略顿，嗫嚅）那，那——那我也可以告诉你。有一个女人逼着我，激成我这样的。

鲁大海　（紧张地，低声）什么，还有一个女人？

周　萍　嗯，就是你刚才见过的那位太太。

鲁大海　她？

周　萍　（苦恼地）她是我的后母！——哦，我压在心里多少年，我当谁也不敢说——她念过书，她受了很好的教育，她，她，——她看见我就跟我发生感情，她要我——（突停）那自然我也要负一部分责任。

鲁大海　四凤知道么？

周　萍　她知道，我知道她知道。（含着苦痛的眼泪，苦闷地）那时我太糊涂，以后我越过越怕，越恨，越厌恶。我恨这种不自然的关系，你懂么？我要离开她，然而她不放松我。她拉着我，不放我。她是个鬼，她什么都不顾忌。我真活厌了，你明白么？我喝酒，胡闹，我只要离开她，我死都愿意。她叫我恨一切受过好教育，外面都装得很正经的女人。过后我见着四凤，四凤叫我明白，叫我又活了一年。

鲁大海　（不觉吐出一口气）哦。

周　萍　这些话多少年我对谁也说不出的，然而——（缓慢地）奇怪，我忽然跟你说了。

鲁大海　（阴沉地）那大概是你父亲的报应。

周　萍　（没想到，厌恶地）你，你胡说！（觉得方才大冲动，对一个这么不相识的人说出心中的话。半晌，镇静下，自己想方才脱口说出的原因，忽然，慢慢地）我告诉你，因为我认你是四凤的哥哥，我要你相信我的诚心，我没有一点骗她。

鲁大海　（略露善意）那么你真预备要四凤么？你知道四凤是个傻孩子，她不会再嫁第二个人。

周　萍　（诚恳地）嗯，我今天走了，过了一二个月，我就来接她。

鲁大海　可是董事长少爷，这样的话叫人相信么？

周　萍　（由衣袋取出一封信）你可以看这封信，这是我刚才写给她的，就说的这件事。

鲁大海　（故意闪避地）用不着给我看，我——没有工夫！

周　萍　（半晌，抬头）那我现在再没有什么旁的保证，你口袋里那件杀人的家伙是我的担保。你再不相信我，我现在人还是在你手里。

鲁大海　（辛酸地）周大少爷，你想想这样我就完了么？（恶狠地）你觉得我真愿意我的妹妹嫁给你这种东西么？（忽然拿出自己的手枪来）

周　萍　（惊慌）你要怎么样？

鲁大海　（恨恶地）我要杀了你。你父亲虽坏，看着还顺眼。你真是世界上最用不着，最没有劲的东西。

周　萍　哦。好，你来吧！（骇惧地闭上目）

鲁大海　可是——（叹一口气，递手枪与周萍）你还是拿去吧。这是你们矿上的东西。

周　萍　（莫明其妙地）怎么？（接下枪）

鲁大海　（苦闷地）没有什么。老太太们最糊涂。我知道我的妈。我妹妹是她的命，只要你能够多叫四凤好好地活着，我只好不提什么了。

〔萍还想说话，大海挥手，叫他不必再说，周萍沉郁地到桌前把枪放好。

鲁大海　（命令地）那么请你把我的妹妹叫出来吧。

周　萍　（奇怪）什么？

鲁大海　四凤啊——她自然在你这儿。

周　萍　没有，没有。我以为她在你们家里呢。

鲁大海　（疑惑地）那奇怪，我同我妈在雨里找了她两个钟头，不见她。我想自然在这儿。

周　萍　（担心）她在雨里走了两个钟头，她——她没有到旁的地方去么？

鲁大海　（肯定地）半夜里她会到哪儿去？

周　萍　（突然恐惧）啊，她不会——（坐下呆望）

鲁大海　（明白）你以为——不，她不会，（轻蔑地）不，我想她没有这个胆量。

周　萍　（颤抖地）不，她会的。你不知道她。她爱脸，她性子强，她——不过她应当先见我，她（仿佛已经看见她溺在河里）不该这样冒失。

〔半晌。

鲁大海　（忽然）哼，你装得好，你想骗过我，你？——她在你这儿！她在你这儿！

〔外面远处口哨声。

周　萍　（以手止之）不，你不要嚷。（哨声近，喜色）她，她来了！我听见她！

鲁大海　什么？

周　萍　这是她的声音，我们每次见面，是这样的。

鲁大海　她在哪儿？

鲁大海　大概就在花园里？

〔周萍开窗吹哨，应声更近。

周　萍　（回头，眼含着眼泪，笑）她来了！

〔中门敲门声。

周　萍　（向大海）你先暂时在旁边屋子躲一躲，她没想到你在这儿。我想她再受不得惊了。

〔忙引大海至饭厅门，大海下。

（外面的声音：（低）萍！

周　萍　（忙跑至中门）凤儿！（开门）进来！

〔四凤由中门进，头发散乱，衣服湿透，眼泪同雨水流在脸上，眼角粘着淋漓的鬓发，衣裳贴着皮肤，雨后的寒冷逼着她发抖，她的牙齿上下地震战着。她见周萍如同失路的孩子再见着母亲，呆呆地望着他。

鲁四凤　萍！

周　萍　（感动地）凤。

鲁四凤　（胆怯地）没有人吧。

周　萍　（难过，怜悯地）没有。（拉着她的手）

鲁四凤　（放开胆）哦！萍！（抱着周萍抽咽）

周　萍　（如许久未见她）你怎么，你怎么会这样？你怎么会找着我？（止不住地）你怎么进来的？

鲁四凤　我从小门偷进来的。

周　萍　凤，你的手冰凉，你先换一换衣服。

鲁四凤　不；萍，（抽咽）让我先看看你。

周　萍　（引她到沙发，坐在自己一旁，热烈地）你，你上哪儿去了，凤？

鲁四凤　（看看他，含着眼泪微笑）萍，你还在这儿，我好像隔了多年一样。

周　萍　（顺手拿起沙发上的一床紫线毯给她围上）我可怜的凤儿，你怎么这样傻，你上哪儿去了？我的傻孩子！

鲁四凤　（擦着眼泪，拉着周萍的手，周萍蹲在旁边）我一个人在雨里跑，不知道自己在哪儿。天上打着雷，前面我只看见模模糊糊的一片；我什么都忘了，我像是听见妈在喊我，可是我怕，我拼命地跑，我想找着我们门口那一条河跳。

周　萍　（紧握着四凤的手）凤！

鲁四凤　——可是不知怎么绕来绕去我总找不着。

周　萍　哦，凤，我对不起你，原谅我，是我叫你这样，你原谅我，你不要怨我。

鲁四凤　萍，我怎么也不会怨你的。我糊糊涂涂又碰到这儿，走到花园那电线杆底下，我忽然想死了。我知道一碰那根电线，我就可以什么都忘了。我爱我的母亲，我怕我刚才对她起的誓，我怕她说我这么一声坏女儿，我情愿不活着。可是，我刚要碰那根电线，我忽然看见你窗户的灯，我想到你在屋子里。哦，萍，我突然觉得，我不能这样就死，我不能一个人死，我丢不了你。我想起来，世界大的很，我们可以走，我们只要一块儿离开这儿。萍啊，你——

周　萍　（沉重地）我们一块儿离开这儿？

鲁四凤　（急切地）就是这一条路，萍，我现在已经没有家，（辛酸地）哥哥恨死我，母亲我是没有脸见的。我现在什么都没有，我投有亲戚，没有朋友，我只有你，萍，（哀告地）你明天带我去吧。

〔半晌。

周　萍　（沉重地摇着头）不，不——

鲁四凤　（失望地）萍。

周　萍　（望着她，沉重地）不，不——我们现在就走。

鲁四凤　（不相信地）现在就走？

周　萍　（怜惜地）嗯，我原来打算一个人现在走，以后再来接你，不过现在不必了。

鲁四凤　（不信地）真的，一块儿走么？

周　萍　嗯，真的。

鲁四凤　（狂喜地，扔下线毯，立起，亲周泙的一手，一面擦着眼泪）真的，真的，真的，萍，你是我的救星，你是天底下顶好的人，你是我——哦，我爱你！（在他身下流泪）

周　萍　（感动地，用手绢擦着眼泪）凤，以后我们永远在一块儿了，不分开了。

鲁四凤　（自慰地，在周萍的怀里）嗯，我们离开这儿了，不分开了。

周　萍　（约束自己）好，凤，走以前我们先见见一个人。见完他我们就走。

鲁四凤　一个人？

周　萍　你哥哥。

鲁四凤　哥哥？

周　萍　他找你，他就在饭厅里头。

鲁四凤　（恐惧地）不，不，你不要见他，他恨你，他会害你的。走吧，我们就走吧。

周　萍　（安慰地）我已经见过他。——我们现在一定要见他一面，（不可挽回地）不然我们也走不了的。

鲁四凤　（胆怯）可是，萍，你——

〔周萍走到饭厅门口，开门。

周　萍　（叫）鲁大海！鲁大海！——咦，他不在这儿，奇怪，也许他从饭厅的门出去了。（望着四凤）

鲁四凤　（走到周萍面前，哀告地）萍。不要管他，我们走吧。（拉他向中门走）

我们就这样走吧。

〔四凤拉周萍至中门，中门开，鲁妈与大海进。

〔两点钟内鲁妈的样子另变了一个人。声音因为在雨里叫喊哭号已经喑哑，眼皮失望地向下垂，前额的皱纹很深地刻在上面，过度的刺激使着她变成了呆滞，整个激成刻板的痛苦的模型。她的衣服像是已烘干了一部分，头发还有些湿，鬓角凌乱地贴着湿的头发。她的手在颤，很小心地走进来。

鲁四凤　（惊惧）妈！（畏缩）

〔略顿，鲁妈哀怜地望着四凤。

鲁侍萍　（伸出手向四凤，哀痛地）凤儿，来！

〔四凤跑至母亲面前，跪下。

鲁四凤　妈！（抱着母亲的膝）

鲁侍萍　（抚摸四凤的头顶，痛惜地）孩子，我的可怜的孩子。

鲁四凤　（泣不成声地）妈，饶了我吧，饶了我吧，我忘了您的话了。

鲁侍萍　（扶起四凤）你为什么早不告诉我？

鲁四凤　（低头）我疼您，妈，我怕，我不愿意有一点叫您不喜欢我，看不起我，我不敢告诉您。

鲁侍萍　（沉痛地）这还是你的妈太糊涂了，我早该想到的。（酸苦地）然而天，这谁又料得到，天底下会有这种事，偏偏又叫我的孩子们遇着呢？哦，你们妈的命太苦，我们的命也太苦了。

鲁大海　（冷淡地）妈，我们走吧，四凤先跟我们回去。——我已经跟他（指周萍）商量好了，他先走，以后他再接四凤。

鲁侍萍　（迷惑地）谁说的？谁说的？

鲁大海　（冷冷地望着鲁妈）妈，我知道您的意思，自然只有这么办。所以，周家的事我以后也不提了，让他们去吧。

鲁侍萍　（迷惑，坐下）什么？让他们去？

周　萍　（嗫嚅）鲁奶奶，请您相信我，我一定好好地待她，我们现在决定就走。

鲁侍萍　（拉着四凤的手，颤抖地）凤，你，你要跟他走？

鲁四凤　（低头，不得已紧握着鲁妈的手）妈，我只好先离开您了。

鲁侍萍　（忍不住）你们不能够在一块儿！

鲁大海　（奇怪地）妈，您怎么？

鲁侍萍　（站起）不，不成！

鲁四凤　（着急）妈！

鲁侍萍　（不顾她，拉着她的手）我们走吧。（向大海）你出去叫一辆洋车，四凤大概走不动了。我们走，赶快走。

鲁四凤　（死命地退缩）妈，您不能这样做。

鲁侍萍　不，不成！（呆滞地，单调地）走，走。

鲁四凤　（哀求）妈，您愿您的女儿急得要死在您的眼前么？

周　萍　（走向鲁妈前）鲁奶奶，我知道我对不起您。不过我能尽我的力量补我的错，现在事情已经做到这一步，您——

鲁大海　妈，（不懂地）您这一次，我可不明白了！

鲁侍萍　（不得已，严厉地）你先去雇车去！（向四凤）凤儿，你听着，我情愿你没有，我不能叫你跟他在一块儿。——走吧！

〔大海刚至门口，四凤喊一声。

鲁四凤　（喊）啊，妈，妈！（晕倒在母亲怀里）

鲁侍萍　（抱着四凤）我的孩子，你——

周　萍　（急）她晕过去了。

〔鲁妈按着她的前额，低声唤“四凤”忍不住地泣下。

〔周萍向饭厅跑。

鲁大海　不用去——不要紧，一点凉水就好。她小时就这样。

（周萍拿凉水洒在她面上，四凤渐醒，面呈死白色。

鲁侍萍　（拿凉水灌四凤）凤儿，好孩子。你回来，你回来。——我的苦命的孩子。

鲁四凤　（口渐张眼睁开，喘出一口气）啊，妈！

鲁侍萍　（安慰地）孩子，你不要怪妈心狠，妈的苦说不出。

鲁四凤　（叹出一口气）妈！

鲁侍萍　什么？凤儿。

鲁四凤　我，我不能不告诉你，萍！

周　萍　凤，你好点了没有？

鲁四凤　萍，我，总是瞒着你；也不肯告诉您（乞怜地望着鲁妈）妈，您——

鲁侍萍　什么，孩子，快说。

鲁四凤　（抽咽）我，我——（放胆）我跟他现在已经有……（大哭）

鲁侍萍　（切迫地）怎样，你说你有——（过受打击，不动）

周　萍　（拉起四凤的手）四凤！怎么，真的，你——

鲁四凤　（哭）嗯。

周　萍　（悲喜交集）什么时候？什么时候？

鲁四凤　（低头）大概已经三个月。

周　萍　（快慰地）哦，四凤，你为什么不告诉我，我，我的——

鲁侍萍　（低声）天哪。

周　萍　（走向鲁）鲁奶奶，您无论如何不要再固执哪，都是我错了：我求您！（跪下）我求您放了她吧。我敢保我以后对得起她，对得起您。

鲁四凤　（立起，走到鲁妈面前跪下）妈，您可怜可怜我们，答应我们，让我们走吧。

鲁侍萍　（不做声，坐着，发痴）我是在做梦。我的儿女，我自己生的儿女，三十年工夫——哦，天哪，（掩面哭，挥手）你们走吧，我不认得你们。（转过头去）

周　萍　谢谢您！（立起）我们走吧。凤！（四凤起）

鲁侍萍　（回头，不自主地）不，不能够！

〔四凤又跪下。

鲁四凤　（哀求）妈，您，您是怎么？我的心定了。不管他是富，是穷，不管他是谁，我是他的了。我心里第一个许了他，我看得见的只有他，妈，我现在到了这一步：他到哪儿我也到哪儿；他是什么，我也跟他是什么。妈，您难道不明白，我——

鲁侍萍　（指手令她不要向下说，苦痛地）孩子。

鲁大海　妈，妹妹既然是闹到这样，让她去了也好。

周　萍　（阴沉地）鲁奶奶，您心里要是一定不放她，我们只好不顺从您的话，自己走了。凤！

鲁四凤　（摇头）萍！（还望着鲁姆）妈！

鲁侍萍　（沉重的悲伤，低声）啊，天知道谁犯了罪，谁造的这种孽！——他们都是可怜的孩子，不知道自己做的是什么。天哪，如果要罚，也罚在我一个人身上；我一个人有罪，我先走错了一步。（伤心地）如今我明白了，我明白了，事情已经做了的，不必再怨这不公平的天；人犯了一次罪过，第二次也就自然地跟着来。——（摸着四凤的头）他们是我的干净孩子，他们应当好好地活着，享着福。冤孽是在我心里头，苦也应当我一个人尝。他们快活，谁晓得就是罪过？他们年轻，他们自己并没有成心做了什么错。（立起，望着天）今天晚上，是我让他们一块儿走，这罪过我知道，可是罪过我现在替他们犯了；所有的罪孽都是我一个人惹的，我的儿女们都是好孩子，心地干净的，那么，天，真有了什么，也就让我一个人担待吧。（回过头）凤儿，——

鲁四凤　（不安地）妈，您心里难过，——我不明白您说的什么。

鲁侍萍　（回转头。和蔼地）没有什么。（微笑）你起来，凤儿，你们一块儿走吧。

鲁四凤　（立起，感动地，抱着她的母亲）妈！

周　萍　去，（看表）不早了，还只有二十五分钟，叫他们把汽车开出来，走吧。

鲁侍萍　（沉静地）不，你们这次走。是在黑地里走，不要惊动旁人。（向大海）大海，你出叫车去，我要回去，你送他们到车站。

鲁大海　嗯。

〔大海由中门下。

鲁侍萍　（向四凤哀婉地）过来，我的孩子，让我好好地亲一亲。（四凤过来抱母；鲁妈向周萍）你也来，让我也看你一下。（周萍至前，低头，鲁妈望他擦眼泪）好，你们走吧——我要你们两个在未走以前答应我一件事。

周　萍　您说吧。

鲁侍萍　你们不答应，我还是不要四凤走的。

鲁四凤　妈，您说吧，我答应。

鲁侍萍　（看他们两人）你们这次走，最好越走越远，不要回头。今天离开，你们无论生死，永远也不许见我。

鲁四凤　（难过）妈，那不——

周　萍　（眼色，低声）她现在很难过，才说这样的话，过后，她就会好了的。

鲁四凤　嗯，也好，——妈，那我们走吧。

〔四凤跪下，向鲁妈叩头，四凤落泪，鲁妈竭力忍着。

鲁侍萍　（挥手）走吧！

周　萍　我们从饭厅里出去吧，饭厅里还放着我几件东西。〔三人——周萍，四凤，鲁妈——走到饭厅门口，饭厅门开。蘩漪走出，三人俱惊视。

鲁四凤　（失声）太太！

周蘩漪　（沉稳地）咦，你们到哪儿去？外面还打着雷呢！

周　萍　（向蘩漪）怎么你一个人在外面偷听！

周蘩漪　嗯，不只我，还有人呢。（向饭厅上）出来呀，你！

〔周冲由饭厅上，畏缩地。

鲁四凤　（惊愕）二少爷！

周　冲　（不安地）四凤！

周　萍　（不高兴，向弟）弟弟，你怎么这样不懂事？

周　冲　（莫明其妙地）妈叫我来的，我不知道你们这是干什么。

周蘩漪　（冷冷地）现在你就明白了。

周　萍　（焦躁，向蘩漪）你这是干什么？

周蘩漪　（嘲弄地）我叫你弟弟来给你们送行。

周　萍　（气愤）你真卑——

周　冲　哥哥！

周　萍　弟弟，我对不起！——（突向蘩漪）不过世界上没有像你这样的母亲！

周　冲　（迷惑地）妈，这是怎么回事？

周蘩漪　你看哪！（向四凤）四凤，你预备上哪儿去？

鲁四凤　（嗫嚅）我……我？……

周　萍　不要说一句瞎话。告诉他们，挺起胸来告诉他们，说我们预备一块儿走。

周　冲　（明白）什么，四凤，你预备跟他一块儿走？

鲁四凤　嗯，二少爷，我，我是——

周　冲　（半质问地）你为什么早不告诉我？

鲁四凤　我不是不告诉你；我跟你说过，叫你不要找我，因为我——我已经不是个好女人。

周　萍　（向四凤）不，你为什么说自己不好？你告诉他们！（指蘩漪）告诉他们，说你就要嫁我！

周　冲　（略惊）四凤，你——

周蘩漪　（向周冲）现在你明白了。（周冲低头）

周　萍　（突向蘩漪，刻毒地）你真没有一点心肝！你以为你的儿子会替——会破坏么？弟弟，你说，你现在有什么意思，你说，你预备对我怎么样？说！哥哥都会原谅你。

〔周冲望蘩漪，又望四凤，自己低头。

周蘩漪　冲儿，说呀！（半晌，急促）冲儿，你为什么不说话呀？你为什么不抓着四凤问？你为什么不抓着你哥哥说话呀？（又顿。众人俱看周冲，周冲不语）冲儿你说呀，你怎么，你难道是个死人？哑巴？是个糊涂孩子？你难道见着自己心上喜欢的人叫人抢去，一点儿都不动气么？

周　冲　（抬头，羔羊似地）不，不，妈！（又望四凤，低头）只要四凤愿意，我没有一句话可说。

周　萍　（走到周冲面前，拉着他的手）哦，我的好弟弟，我的明白弟弟！

周　冲　（疑惑地，思考地）不，不，我忽然发现……我觉得……我好像我并不是真爱四凤；（渺渺茫茫地）以前——我，我，我——大概是胡闹！

周　萍　（感激地）不过，弟弟——

周　冲　（望着周萍热烈的神色，退缩地）不，你把她带走吧，只要你好好地待她！

周蘩漪　（整个幻灭，失望）哦，你呀！（忽然，气愤）你不是我的儿子；你不像我，你——你简直是条死猪！

周　冲　（受侮地）妈！

周　萍　（惊）你是怎么回事？

周蘩漪　（昏乱地）你真没有点男子气，我要是你，我就打了她，烧了她，杀了她。你真是糊涂虫，没有一点生气的。你还是你父亲养的，你父亲的小绵羊。我看错你了——你不是我的，你不是我的儿子。

周　萍　（不平地）你是冲弟弟的母亲么？你这样说话。

周蘩漪　（痛苦地）萍，你说，你说出来；我不怕，你告诉他，我现在已经不是他的母亲？

周　冲　（难过地）妈，您怎么？

周蘩漪　（丢弃了拘束）我叫他来的时候，我早已忘了我自己，（向周冲，半疯狂地）你不要以为我是你的母亲，（高声）你的母亲早死了，早叫你父亲压死了，闷死了。现在我不是你的母亲。她是见着周萍又活了的女人，（不顾一切地）她也是要一个男人真爱她，要真真活着的女人！

周　冲　（心痛地）哦，妈。

周　萍　（眼色向周冲）她病了。（向蘩漪）你跟我上楼去吧！你大概是该歇一歇。

周蘩漪　胡说！我没有病，我没有病，我神经上没有一点病。你们不要以为我说胡话。（揩眼泪，哀痛地）我忍了多少年了，我在这个死地方，监狱似的周公馆，陪着一个阎王十八年了，我的心并没有死；你的父亲只叫我生了冲儿，然而我的心，我这个人还是我的。（指周萍）就只有他才要了我整个的人，可是他现在不要我，又不要我了。

周　冲　（痛极）妈，我最爱的妈，您这是怎么回事？

周　萍　你先不要管她，她在发疯！

周蘩漪　（激烈地）不要学你的父亲。没有疯——我这是没有疯！我要你说，我要你告诉他们——这是我最后的一口气！

周　萍　（狼狈地）你叫我说什么？我看你上楼睡去吧。

周蘩漪　（冷笑）你不要装！你告诉他们，我并不是你的后母。

〔大家俱惊，略顿。

周　冲　（无可奈何地）妈！

周蘩漪　（不顾地）告诉他们，告诉四凤，告诉她！

鲁四凤　（忍不住）妈呀！（投入鲁妈怀）

周　萍　（望着弟弟，转向蘩漪）你这是何苦！过去的事你何必说呢？叫弟弟一生不快活。

周蘩漪　（失了母性，喊着）我没有孩子，我没有丈夫，我没有家，我什么都没有，我只要你说：我——我是你的。

周　萍　（苦恼）哦，弟弟！你看弟弟可怜的样子，你要是有一点母亲的心——

周蘩漪　（报复地）你现在也学会你的父亲了，你这虚伪的东西，你记着，是你才欺骗了你的弟弟，是你欺骗我，是你才欺骗了你的父亲！

周　萍　（愤怒）你胡说，我没有，我没有欺骗他！父亲是个好人，父亲一生是有道德的，（蘩漪冷笑）——（向四凤）不要理她，她疯了，我们走吧。

周蘩漪　不用走，大门锁了。你父亲就下来，我派人叫他来的。

鲁侍萍　哦，太太！

周　萍　你这是干什么？

周蘩漪　（冷冷地）我要你父亲见见他将来的好媳妇你们再走。

（喊）朴园，朴园！……

周　冲　妈，您不要！

周　萍　（走到蘩漪面前）疯子，你敢再喊！

〔蘩漪跑到书房门口，喊。

鲁侍萍　（慌）四凤，我们出去。

周蘩漪　不，他来了！

〔朴园由书房进，大家俱不动，静寂若死。

周朴园　（在门口）你叫什么？你还不上楼去睡。

周蘩漪　（倨傲地）我请你见见你的好亲戚。

周朴园　（见鲁妈，四凤在一起，惊）啊，你，你——你们这是做什么？

周蘩漪　（拉四凤向朴园）这是你的媳妇，你见见。（指着朴园向四凤）叫他爸爸！（指着鲁妈向朴园）你也认识认识这位老太太。

鲁侍萍　太太！

周蘩漪　萍，过来！当着你的父亲，过来，给这个妈叩头。

周　萍　（难堪）爸爸，我，我——

周朴园　（明白地）怎么——（向鲁妈）侍萍，你到底还是回来了。

周蘩漪　（惊）什么？

鲁侍萍　（慌）不，不，您弄错了。

周朴园　（悔恨地）侍萍，我想你也会回来的。

鲁侍萍　不，不！（低头）啊！天！

周蘩漪　（惊愕地）侍萍？什么，她是侍萍？

周朴园　嗯。（烦厌地）蘩你不必再故意地问我，她就是萍儿的母亲，三十年前死了的。

周蘩漪　天哪！

〔半晌。四凤苦闷地叫了一声，看着她的母亲，鲁妈苦痛地低着头。周萍脑筋昏乱，迷惑地望着父亲，同鲁妈。这时蘩漪渐渐移到周冲身边，现在她突然发见一个更悲惨的命运，逐渐地使她同情周萍，她觉出自己方才的疯狂，这使她很快地恢复原来平常母亲的情感。她不自主地愧恨地望着自己的冲儿。

周朴园　（沉痛地）萍儿，你过来。你的生母并没有死，她还在世上。

周　萍　（半狂地）不是她！爸，您告诉我，不是她！

周朴园　（严厉地）混账！萍儿，不许胡说。她没有什么好身世，也是你的母亲。

周　萍　（痛苦万分）哦，爸！

周朴园　（尊重地）不要以为你跟四凤同母，觉得脸上不好看，你就忘了人伦天性。

鲁四凤　（向母痛苦地）哦，妈！

周朴园　（沉重地）萍儿，你原谅我。我一生就做错了这一件事。我万没有想到她今天还在，今天找到这儿。我想这只能说是天命。（向鲁妈叹口气）我老了，刚才我叫你走，我很后悔，我预备寄给你两万块钱。现在你既然来了，我想萍儿是个孝顺孩子，他会好好地侍奉你。我对不起你的地方，他会补上的。

周　萍　（向鲁妈）您——您是我的——

鲁侍萍　（不自主地）萍——（回头抽咽）

周朴园　跪下，萍儿！不要以为自己是在做梦，这是你的生母。

鲁四凤　（昏乱地）妈，这不会是真的。

鲁侍萍　（不语，抽咽）

周蘩漪　（笑向周萍，悔恨地）萍，我，我万想不到是——是这样，萍——

周　萍　（怪笑，向朴园）父亲！（怪笑，向鲁妈）母亲！（看四凤，指她）你——

鲁四凤　（与周萍互视怪笑，忽然忍不住）啊，天！（由中门跑下）

〔周萍扑在沙发上，鲁妈死气沉沉地立着。

周蘩漪　（急喊）四凤！四凤！（转向周冲）冲儿，她的样子不大对，你赶快出去看她。

〔周冲由中门跑下，喊四凤。

周朴园　（至周萍前）萍儿，这是怎么回事？

周　萍　（突然）爸，您不该生我！（跑，由饭厅下）

〔远处听见四凤的惨叫声，周冲狂呼四凤，过后周冲也发出惨叫。

鲁侍萍　（同时叫）四凤，你怎么啦！
周蘩漪　（同时叫）我的孩子，我的冲儿！

〔二人同由中门跑出。

周朴园　（急走至窗前拉开窗幕，颤声）怎么？怎么？

〔仆人由中门跑上。

仆　人　（喘）老爷！

周朴园　快说，怎么啦？

仆　人　（急不成声）四凤……死了……

周朴园　（急）二少爷呢？

仆　人　也……也死了。

周朴园　（颤声）不，不，怎……么？

仆　人　四凤碰着那条走电的电线。二少爷不知道，赶紧拉了一把，两个人一块儿中电死了。

周朴园　（几晕）这不会。这，这——这不能够，不能够！

〔朴园与仆人跑下。

〔周萍由饭厅出，颜色惨白，但是神气沉静地。他走到那张放大海的手枪的桌前，抽开抽屉，取出手枪，手微颤，慢慢走进右边书房。

〔外面人声嘈乱，哭声，叫声，吵声，混成一片。鲁妈由中门上，脸更呆滞，如石膏人像。老年仆人跟在后面，拿着电筒。

〔鲁妈一声不响地立在台中。

老　仆　（安慰地）老太太，您别发呆！这不成，您得哭，您得好好哭一场。

鲁侍萍　（无神地）我哭不出来！

老仆人　这是天意，没有法子。——可是您自己得哭。

鲁侍萍　不，我想静一静。（呆立）

〔中门大开，许多仆人围着蘩漪，蘩漪不知是在哭在笑。

仆　人　（在外面）进去吧，太太，别看哪。

周蘩漪　（为人拥至中门，倚门怪笑）冲儿，你这么张着嘴？你的样子怎么直对我笑？——冲儿，你这个糊涂孩子。

周朴园　（走在中门中，眼泪在面上）蘩漪，进来！我的手发木，你也别看了。

老　仆　太太，进来吧。人已经叫电火烧焦了，没有法子办了。

周蘩漪　（进来，干哭）冲儿，我的好孩子。刚才还是好好的，你怎么会死，你怎么会死得这样惨？（呆立）

周朴园　（已进来）你要静一静。（擦眼泪）

周蘩漪　（狂笑）冲儿，你该死，该死！你有了这样的母亲，你该死！

〔外面仆人与大海打架声。

周朴园　这是谁？谁在这时候打架。

〔老仆下问，立时另一仆人上。

周朴园　外面是怎么回事？

仆　人　今天早上那个鲁大海，他这时又来了，跟我们打架。

周朴园　叫他进来！

仆　人　老爷，他连踢带打地伤了我们好几个，他已经从小门跑了。

周朴园　跑了？

仆　人　是，老爷。

周朴园　（略顿，忽然）追他去，给我追他去。

仆　人　是，老爷。

〔仆人一齐下。屋中只有朴园、鲁妈、蘩漪三人。

周朴园　（哀伤地）我丢了一个儿子，不能再丢第二个了。

〔三人都坐下来。

鲁侍萍　都去吧！让他去了也好，我知道这孩子。他恨你，我知道他不会回来见你的。

周朴园　（寂静，自己觉得奇怪）年轻的反而走我们前头了，现在就剩下我们这些老——（忽然）萍儿呢？大少爷呢？萍儿，萍儿！（无人应）来人呀！来人！（无人应）你们给我找呀，我的大儿子呢？

〔书房枪声，屋内死一般的静默。

周蘩漪　（忽然）啊！（跑下书房，朴园呆立不动，立时蘩漪狂喊跑出）他……他……

周朴园　他……他……

〔朴园与蘩漪一同跑下，进书房。

〔鲁妈立起，向书房颠踬了两步，至台中，渐向下倒，跪在地上，如序幕结尾老妇人倒下的样子。

〔舞台渐暗，奏序幕之音乐（High Mass – Bach）若在远处奏起，至完全黑暗时最响，与序幕末尾音乐声同。幕落，即开，接尾声。

尾　声

〔开幕时舞台黑暗。只听见远处教堂合唱弥撒声同大风琴声，序幕姊弟的声音：

〔弟弟声：姐姐，你去问她。

（姊姊声：（低声）不，弟弟你问她，你问她。

〔舞台渐明，景同序幕，又回到十年后腊月三十日的下午。

老妇（鲁妈）还在台中歪倒着，姊弟在旁。

姊　姊　你问她，她知道。

弟　弟　我不，我怕，你，你去。（推姊姊，外面合唱声止）

〔姑乙由中门进，见老妇倒地上，大惊愕，忙扶起她。

姑　乙　（扶她）起来吧，鲁奶奶！起来吧！（扶她至右边火炉旁坐，忙走至姊弟前，安慰地）弟弟，你没有吓着吧！快去吧，妈就在外边等着你们。姐姐，你领弟弟去吧。

姊　姊　谢谢您，姑奶奶。（替弟弟穿衣服）

姑　乙　外面冷得很，你们都把衣服穿好。

姊　姊　嗯，再见！

姑　乙　再见。

〔姊领弟弟出中门。

〔姑乙忙走到壁炉前，照护老妇人。

〔姑甲由右门饭厅进。

姑　乙　嘘，（指鲁妈）她出来了。

姑　甲　（低声）周先生就下来看她，你照护照护。我要出去。

姑　乙　好，你等一等，（从墙角拿一把雨伞）外头怕要下雪，你要这一把伞吧。

姑　甲　（和蔼地）谢谢你。（拿着雨伞由中门出去）

〔老人由左边厅出，立门口，望着。

姑　乙　（指鲁妈，向老翁）她在这儿！

老　人　哦！

〔半晌。

老　人　（关心地，向姑乙）她现在怎么样？

姑　乙　（轻叹）还是那样！

老　人　吃饭还好么？

姑　乙　不多。

老　人　（指头）她这儿？

姑　乙　（摇头）不，还是不认识人。

〔半晌。

姑　乙　楼上您的太太，看见了？

老　人　（呆滞地）嗯。

姑　乙　（鼓励地）这两人，她倒好。

老　人　是的。——（指鲁妈）这些天没有人看她么？

姑　乙　您说她的儿子，是么？

老　人　嗯。一个姓鲁叫大海的。

姑　乙　（同情地）没有。可怜，她就是想着儿子。每到节期总在窗前望一晚上。

老　人　（叹气，绝望地，自语）我怕，我怕他是死了。

姑　乙　（希望地）不会吧？

老　人　（摇头）我找了十年了，——没有一点影子。

姑　乙　唉，我想她的儿子回家，她一定会明白的。

老　人　（走到炉前，低头）侍萍！

〔老妇回头，呆呆地望着他，若不认识，起来，面上无一丝表情，一时，她走向前窗。

老　人　（低声）侍萍！侍——

姑　乙　（向老人摆手，低声）让她走，不要叫她！

〔老妇至窗前，慢吞吞地拉开帷幔，痴呆地望着窗外。

〔老人绝望地转过头，望着炉中的火光，外面忽而闹着小孩们的欢笑声，同足步声。中门大开，姊弟进。

姊　姊　（向弟）在这儿？一定在这儿？

弟　弟　（落泪，点着头）嗯！嗯！

姑　乙　（喜欢他们来打破这沉静）弟弟，你怎么哭了？

弟　弟　（抽咽）我的手套丢了！外面下雪，我的手套，我的新手套丢了。

姑　乙　不要嚷，弟弟，我给你找。

姊　姊　弟弟，我们找。

〔三个人在左角找手套。

姑　乙　（向姊）有么？

姊　姊　没有！

弟　弟　（钻到沙发背后，忽然跳出来）在这儿，在这儿！（舞着手套）妈，在这儿！（跑出去）

姑　乙　（羡慕地）好了，去吧。

姊　姊　谢谢，姑奶奶！

〔姊由中门下，姑乙关上门。

〔半晌。

老　人　（抬头）什么？外头又下雪了？

姑　乙　（沉静地点头）嗯。

〔老人又望一望立在窗前的老妇，转身坐在炉旁的圈椅上，呆呆地望着火，这时姑乙在左边长沙发上坐下，拿了一本《圣经》读着。

〔舞台渐暗。

——幕　落

附　录

《雷雨》序

我不知道怎样来表白我自己，我素来有些忧郁而暗涩；纵然在人前我有时也显露着欢娱，在孤独时却如许多精神总不甘于凝固的人，自己不断地来苦恼着自己，这些年我不晓得“宁静”是什么，我不明了我自己，我没有希腊人所宝贵的智慧——“自知”。除了心里永感着乱云似的匆促，切迫，我从不能在我的生活里找出个头绪。所以当着要我来解释自己的作品，我反而是茫然的。

我很钦佩，有许多人肯费了时间和精力，使用了说不尽的语言来替我的剧本下注脚；在国内这些次公演之后更时常地有人论断我是易卜生的信徒，或者臆测剧中某些部分是承袭了Euripides的Hippolytus或Racine的Phèdre灵感。认真讲，这多少对我是个惊讶。我是我自己——一个渺小的自己：我不能窥探这些大师们的艰深，犹如黑夜的甲虫想象不来白昼的明朗。在过去的十几年，固然也读过几本戏，演过几次戏，但尽管我用了力量来思索，我追忆不出哪一点是在故意模拟谁。也许在所谓“潜意识”的下层，我自己欺骗了自己：我是一个忘恩的仆隶，一缕一缕地抽取主人家的金线，织好了自己丑陋的衣服，而否认这些褪了色（因为到了我的手里）的金丝也还是主人家的。其实偷人家一点故事，几段穿插，并不寒碜。同一件传述，经过古今多少大手笔的揉搓塑抹，演为种种诗歌，戏剧，小说，传奇也很有些显著的先例。然而如若我能绷起脸，冷生生地分析自己的作品（固然作者的偏爱总不容他这样做），我会再说，我想不出执笔的时候我是追念着哪些作品而写下《雷雨》，虽然明明晓得能描摹出来这几位大师的遒劲和瑰丽，哪怕是一抹，一点或一勾呢，会是我无上的光彩。

我是一个不能冷静的人，谈自己的作品恐怕也不会例外。我爱着《雷雨》如欢喜在溶冰后的春天，看一个活泼泼的孩子在日光下跳跃，或如在粼粼的野塘边偶然听得一声青蛙那样的欣悦。我会呼出这些小生命是交付我有多少灵感，给与我若何的兴奋。我不会如心理学者立在一旁，静观小儿的举止，也不能如试验室的生物学家，运用理智的刀来支解分析青蛙的生命，这些事应该交与批评《雷雨》的人们。他们知道怎样解剖论断：哪样就契合了戏剧的原则，哪样就是背谬的。我对《雷雨》的了解只是有如母亲抚慰自己的婴儿那样单纯的喜悦，感到的是一团原始的生命之感。我没有批评的冷静头脑，诚实也不容许我使用诡巧的言辞狡黠地袒护自己的作品；所以在这里，一个天赐的表白的机会，我知道我不会说出什么。这一年来批评《雷雨》的文章确实吓住了我，它们似乎刺痛了我的自卑意识，令我深切地感触自己的低能。我突地发现它们的主人了解我的作品比我自己要明切得多。他们能一针一线地寻出个原由，指出究竟，而我只有普遍地觉得不满不成熟。每次公演《雷雨》或者提到《雷雨》，我不由自己地感觉到一种局促，一种不自在，仿佛是个拙笨的工徒，只图好歹做成了器皿，躲到壁落里，再也怕听得顾主们恶生生地挑剔器皿上面花纹的丑恶。

我说过我不会说出什么来。这样的申述也许使关心我的友人们读后少一些失望。累次有人问我《雷雨》是怎样写的，或者《雷雨》是为什么写的这一类的问题。老实说，关于第一个，连我自己也莫明其妙；第二个呢，有些人已经替我下了注释，这些注释有的我可以追认——譬如“暴露大家庭的罪恶”——但是很奇怪，现在回忆起三年前提笔的光景，我以为我不应该用欺骗来炫耀自己的见地，我并没有显明地意识着我是要匡正讽刺或攻击些什么。也许写到末了，隐隐仿佛有一种情感的汹涌的流来推动我，我在发泄着被抑压的愤懑，毁谤着中国的家庭和社会。然而在起首，我初次有了《雷雨》一个模糊的影象的时候，逗起我的兴趣的，只是一两段情节，几个人物，一种复杂而又原始的情绪。

《雷雨》对我是个诱惑。与《雷雨》俱来的情绪蕴成我对宇宙间许多神秘的事物一种不可言喻的憧憬。《雷雨》可以说是我的“蛮性的遗留”，我如原始的祖先们对那些不可理解的现象睁大了惊奇的眼。我不能断定《雷雨》的推动是由于神鬼，起于命运或源于哪种显明的力量。情感上《雷雨》所象征的对我是一种神秘的吸引，一种抓牢我心灵的魔。《雷雨》所显示的，并不是因果，并不是报应，而是我所觉得的天地间的“残忍”，（这种自然的“冷酷”，四凤与周冲的遭际最足以代表，他们的死亡，自己并无过咎。）如若读者肯细心体会这番心意，这篇戏虽然有时为几段较紧张的场面或一两个性格吸引了注意，但连绵不断地若有若无地闪示这一点隐秘——这种种宇宙里斗争的“残忍”和“冷酷”。在这斗争的背后或有一个主宰来使用它的管辖。这主宰，希伯来的先知们赞它为“上帝”，希腊的戏剧家们称它为“命运”，近代的人撇弃了这些迷离恍惚的观念，直截了当地叫它为“自然的法则”。而我始终不能给他以适当的命名，也没有能力来形容它的真实相。因为它太大，太复杂。我的情感强要我表现的，只是对宇宙这一方面的憧憬。

写《雷雨》是一种情感的迫切的需要。我念起人类是怎样可怜的动物，带着踌躇满志的心情，仿佛是自己来主宰自己的运命，而时常不是自己来主宰着。受着自己——情感的或者理解的——捉弄，一种不可知的力量的——机遇的，或者环境的——捉弄；生活在狭的笼里而洋洋地骄傲着，以为是徜徉在自由的天地里，称为万物之灵的人物不是做着最愚蠢的事么？我用一种悲悯的心情来写剧中人物的争执。我诚恳地祈望着看戏的人们也以一种悲悯的眼来俯视这群地上的人们。所以我最推崇我的观众，我视他们，如神仙，如佛，如先知，我献给他们以未来先知的神奇。在这些人不知道自己的危机之前，蠢蠢地动着情感，劳着心，用着手，他们已彻头彻尾地熟悉这一群人的错综关系。我使他们征兆似地觉出来这蕴酿中的阴霾，预知这样不会引出好结果。我是个贫穷的主人，但我请了看戏的宾客升到上帝的座，来怜悯地俯视着这堆在下面蠕动的生物。他们怎样盲目地争执着，泥鳅似地在情感的火坑里打着昏迷的滚，用尽心力来拯救自己，而不知千万仞的深渊在眼前张着巨大的口。他们正如一匹跌在泽沼里的羸马，愈挣扎，愈深沉地陷落在死亡的泥沼里。周萍悔改了“以往的罪恶”。他抓住了四凤不放手，想由一个新的灵感来洗涤自己。但这样不自知地犯了更可怕的罪恶，这条路引到死亡。蘩漪是个最动人怜悯的女人。她不悔改，她如一匹执拗的马，毫不犹疑地踏着艰难的老道，她抓住了周萍不放手，想重拾起一堆破碎的梦而救出自己，但这条路也引到死亡。在《雷雨》里，宇宙正像一口残酷的井，落在里面，怎样呼号也难逃脱这黑暗的坑。自一面看，《雷雨》是一种情感的憧憬，一种无名的恐惧的表征。这种憧憬的吸引恰如童稚时谛听脸上划着经历的皱纹的父老们，在森森的夜半，津津地述说坟头鬼火，野庙僵尸的故事。皮肤起了恐惧的寒栗，墙角似乎晃着摇摇的鬼影。然而奇怪，这“怕”本身就是个诱惑。我挪近身躯，咽着兴味的口沫，心惧怕地忐忑着，却一把提着那干枯的手，央求：“再来一个！再来一个！”所以《雷雨》的降生是一种心情在作祟，一种情感的发酵，说它为宇宙一种隐秘的理解乃是狂妄的夸张，但以它代表个人一时性情的趋止，对那些“不可理解的”莫名的爱好，在我个人短短的生命中是显明地划成一道阶段。

与这样原始或者野蛮的情绪俱来的还有其他的方面，那便是我性情中郁热的氛围。夏天是个烦躁多事的季节，苦热会逼走人的理智。在夏天，炎热高高升起，天空郁结成一块烧红了的铁，人们会时常不由已地，更归回原始的野蛮的路，流着血，不是恨便是爱，不是爱便是恨；一切都走向极端，要如电如雷地轰轰地烧一场，中间不容易有一条折衷的路。代表这样的性格是周蘩漪，是鲁大海，甚至于是周萍，而流于相反的性格，遇事希望着妥协，缓冲，敷衍便是周朴园，以至于鲁贵。但后者是前者的阴影，有了他们前者才显得明亮。鲁妈，四凤，周冲是这明暗的间色，他们做成两个极端的阶梯。所以在《雷雨》的氛围里，周蘩漪最显得调和。她的生命烧到电火一样地白热，也有它一样地短促。情感，郁热，境遇，激成一朵艳丽的火花，当着火星也消灭时，她的生机也顿时化为乌有。她是一个最“雷雨的”（原是我的杜撰，因为一时找不到适当的形容词）性格，她的生命交织着最残酷的爱和最不忍的恨，她拥有行为上许多的矛盾，但没有一个矛盾不是极端的，“极端”和“矛盾”是《雷雨》蒸热的氛围里两种自然的基调，剧情的调整多半以它们为转移。

在《雷雨》里的八个人物，我最早想出的，并且也较觉真切的是周蘩漪，其次是周冲。其他如四凤，如朴园，如鲁贵都曾在孕育时给我些苦痛与欣慰，但成了形后反不给我多少满意。（我这样说并不说前两个性格已有成功，我愿特别提出来只是因为这两种人抓住我的想象。）我欢喜看蘩漪这样的女人，但我的才力是贫弱的，我知道舞台上的她与我原来的企图，做成一种不可相信的参差。不过一个作者总是不自主地有些姑息，对于蘩漪我仿佛是个很熟的朋友，我惭愧不能画出她一幅真实的像，近来颇盼望着遇见一位有灵魂有技能的演员扮她，交付给她血肉。我想她应该能动我的怜悯和尊敬，我会流着泪水哀悼这可怜的女人的。我会原谅她，虽然她做了所谓“罪大恶极”的事情——抛弃了神圣的母亲的天责。我算不清我亲眼看见多少蘩漪。（当然她们不是蘩漪，她们多半没有她的勇敢。）她们都在阴沟里讨着生活，却心偏天样地高；热情原是一片浇不熄的火，而上帝偏偏罚她们枯干地生长在砂上。这类的女人许多有着美丽的心灵，然为着不正常的发展，和环境的窒息，她们变为乖戾，成为人所不能了解的。受着人的嫉恶，社会的压制，这样抑郁终身，呼吸不着一口自由的空气的女人在我们这个现实社会里不知有多少吧。在遭遇这样的不幸的女人里，蘩漪自然是值得赞美的。她有火炽的热情，一颗强悍的心，她敢冲破一切的桎梏，做一次困兽的斗。虽然依旧落在火坑里，情热烧疯了她的心，然而不是更值得人的怜悯与尊敬么？这总比阉鸡似的男子们为着凡庸的生活怯弱地度着一天一天的日子更值得人佩服吧。

有一个朋友告诉我：他迷上了蘩漪，他说她的可爱不在她的“可爱”处，而在她的“不可爱”处。诚然，如若以寻常的尺来衡量她，她实在没有几分赢人的地方。不过聚许多所谓“可爱的”女人在一起，便可以鉴别出她是最富于魅惑性的。这种魅惑不易为人解悟，正如爱嚼姜片的才道得出辛辣的好处。所以必需有一种明白蘩漪的人始能把握着她的魅惑，不然，就只会觉得她阴鸷可怖。平心讲，这类女人总有她的“魔”，是个“魔”便有它的尖锐性。也许蘩漪吸住人的地方是她的尖锐。她是一柄犀利的刀，她愈爱的，她愈要划着深深的创痕。她满蓄着受着抑压的“力”，这阴鸷性的“力”怕是造成这个朋友着迷的缘故。爱这样的女人需有厚的口胃，铁的手腕，岩似的恒心，而周萍，一个情感和矛盾的奴隶，显然不是的。不过有人会问为什么她会爱这样一棵弱不禁风的草，这只好问她的运命，为什么她会落在周朴园这样的家庭中。

提起周冲，蘩漪的儿子。他也是我喜欢的人。我看过一次《雷雨》的公演，我很失望，那位演周冲的人有些轻视他的角色，他没有了解周冲，他只演到痴憨——那只是周冲粗犷的肉体，而忽略他的精神。周冲原是可喜的性格，他最无辜而他与四凤同样遭受了惨酷的结果。他藏在理想的堡垒里，他有许多憧憬，对社会，对家庭，以至于对爱情。他不能了解他自已，他更不了解他的周围。一重一重的幻念茧似地缚住了他。他看不清社会，他也看不清他所爱的人们。他犯着年轻人 Quixotic 病，有着一切青春发动期的青年对现实那样的隔离。他需要现实的铁锤来一次一次地敲醒他的梦。在喝药那一景，他才真认识了父亲的威权笼罩下的家庭；在鲁贵家里，忍受着鲁大海的侮慢，他才发现他和大海中间隔着一道不可填补的鸿沟；在末尾，蘩漪唤他出来阻止四凤与周萍逃奔的时候，他才看出他的母亲全不是他所想的那样，而四凤也不是能与他在冬天的早晨，明亮的海空，乘着白帆船向着无边的理想航驶去的伴侣。连续不断地失望绊住他的脚，每次的失望都是一只尖利的锥，那是他应受的刑罚。他痛苦地感觉到现实的丑恶，一种幻灭的悲哀袭击他的心。这样的人即便不为“残忍”的天所毁灭，他早晚会被那绵绵不尽的渺茫的梦掩埋，到了与世隔绝的地步。甚至在情爱里，他依然认不清真实。抓住他心的并不是四凤，或者任何美丽的女人。他爱的只是“爱”，一个抽象的观念，还是个渺茫的梦。所以当着四凤不得已地说破了她同周萍的事，使他伤心的却不是因为四凤离弃了他，而是哀悼着一个美丽的梦的死亡。待到连母亲——那是十七岁的孩子的梦里幻化得最聪慧而慈祥的母亲，也这样丑恶地为着情爱痉挛地喊叫，他才彻头彻尾地感觉到现实的粗恶。他不能再活下去，他被人攻下了最后的堡垒，青春期的儿子对母亲的那一点憧憬。他于是整个死了他生活最宝贵的部分——那情感的激荡。以后那偶然的或者残酷的肉体的死亡对他算不得痛苦，也许反是最适当的了结。其实，在生前他未始不隐隐觉得他是追求着一个不可及的理想。他在鲁贵家里说过他白日的梦，那一段对着懵懂的四凤讲的：“海，……天，……船，……光明，……快乐，”的话；（那也许是个无心的讽刺，他偏偏在那样地方津津地说着他最超脱的梦，那地方四周永远蒸发着腐秽的气息，瞎子们唱着唱不尽的春调，鲁贵如淤水塘边的癞蛤蟆哓哓地噪着他的丑恶的生意经）在四凤将和周萍同走的时候，他只说：（疑惑地，思考地）“我忽然发现……我觉得……我好像并不是真爱四凤；（渺渺茫茫地）以前，……我，我，我——大概是胡闹。”于是他慷慨地让四凤跟着周萍离弃了他。这不像一个爱人在申说，而是一个梦幻者探寻着自己。这样的超脱，无怪乎落在情热的火坑里的蘩漪是不能了解的了。

理想如一串一串的肥皂泡荡漾在他的眼前，一根现实的铁针便轻轻地逐个点破。理想破灭时，生命也自然化成空影。周冲是这烦躁多事的夏天里一个春梦。

在《雷雨》郁热的氛围里，他是个不调和的谐音，有了他，才衬出《雷雨》的明暗。他的死亡和周朴园的健在都使我觉得宇宙里并没有一个智慧的上帝做主宰。而周冲来去这样匆匆，这么一个可爱的生命偏偏简短而痛楚地消逝，令我们情感要呼出："这确是太残忍的了。"

写《雷雨》的时候，我没有想到我的戏会有人排演，但是为着读者的方便，我用了很多的篇幅释述每个人物的性格。如今呢，《雷雨》的演员们可以藉此看出些轮廓。不过一个雕刻师总先摸清他的材料有哪些弱点，才知用起斧子时哪些地方该加谨慎，所以演员们也应该明了这几个角色的脆弱易碎的地方。这几个角色没有一个是一具不漏的网，可以不用气力网起观众的称赞。譬如演鲁贵的，他应该小心翼翼地做到"均匀""恰好"，不要小丑似地叫《雷雨》头上凸起了隆包，尻上长了尾巴，使它成了只是个可笑的怪物；演鲁妈与四凤的应该懂得"节制"（但并不是说不用情感），不要叫自己叹起来成风车，哭起来如倒海，要知道过度的悲痛的刺激会使观众的神经痛苦疲倦，再缺乏气力来怜悯，而反之，没有感情做柱石，一味在表面上下工夫更令人发生厌恶，所以应该有真情感。但是要学得怎样收敛运蓄着自己的精力，到了所谓"铁烧到最热的时候再锤"，而每锤是要用尽了最内在的力量。尤其是在第四幕，四凤见着鲁妈的当儿是最费斟酌的。两个人都需要多年演剧的经验和熟练的技巧，要找着自己情感的焦点，然后依着它做基准来合理地调整自己成了有韵味的波纹，不要让情感的狂风卷扫了自己的重心，忘却一举一动应有理性的根据和分寸。具体说来，我希望她们不要嘶声喊叫，不要重复地单调地哭泣。要知道这一景落眼泪的机会已经甚多，她们应该替观众的神经想一想，不应刺痛他们使他们感觉倦怠甚至于苦楚，她们最好能运用各种不同的技巧来表达一个单纯的悲痛情绪。要抑压着一点，不要都发挥出来，如若必需有激烈的动作，请记住："无声的音乐是更甜美"，思虑过后的节制或沉静在舞台上更是为人所欣赏的。

周萍是最难演的，他的成功要看挑选的恰当。他的行为不易获得一般观众的同情，而性格又是很复杂的。演他，小心不要单调；须设法这样充实他的性格，令我们得到一种真实感。还有，如若可能，我希望有个好演员，化开他的性格上一层云翳，起首便清清白白地给他几根简单的线条。先画出一个清楚的轮廓，再慢慢地细描去。这样便井井有条，虽复杂而简单，观众才不会落在雾里。演他的人要设法替他找同情（犹如演蘩漪的一样），不然到了后一幕便会搁了浅，行不开。周朴园的性格比较是容易捉摸的，他也有许多机会做戏，如喝药那一景，认鲁妈的景，以及第四幕一人感到孤独寂寞的景，都应加一些思索（更要有思虑过的节制）才能演得深隽。鲁大海自然要个硬性的人来演，口齿举动不要拖泥带水，干干脆脆地做下去，他的成功更靠挑选的适宜。

《雷雨》有许多令人疑惑的地方，但最显明的莫如首尾的“序幕”与“尾声”。聪明的批评者多置之不提，这样便省略了多少引不到归结的争执。因为一切戏剧的设施须经过观众的筛漏；透过时间的洗涤，那好的会留存，粗恶的自然要滤走。所以我不在这里讨论“序幕”和“尾声”能否存留，能与不能总要看有否一位了解的导演精巧地搬到台上。这是个冒险的尝试，需要导演的聪明来帮忙。实际上的困难和取巧的地方一定也很多，我愿意将来有个机会来实验。在此地我只想提出“序幕”和“尾声”的用意，简单地说，是想送看戏的人们回家，带着一种哀静的心情。低着头，沉思地，念着这些在情热、在梦想、在计算里煎熬着的人们。荡漾在他们的心里应该是水似的悲哀，流不尽的；而不是惶惑的，恐怖的，回念着《雷雨》像一场噩梦，死亡，惨痛如一只钳子似地夹住人的心灵，喘不出一口气来。《雷雨》诚如有一位朋友说，有些太紧张（这并不是句恭维的话），而我想以第四幕为最。我不愿这样戛然而止，我要流荡在人们中间还有诗样的情怀。“序幕”与“尾声”在这种用意下，仿佛有希腊悲剧 Chorus 一部分的功能，导引观众的情绪入于更宽阔的沉思的海。《雷雨》在东京出演时，他们曾经为着“序幕”“尾声”费些斟酌，问到我，我写一封私人的信（那封信被披露了出来是我当时料想不到的事），提到我把《雷雨》做一篇诗看，一部故事读，用“序幕”和“尾声”把一件错综复杂的罪恶推到时间上非常辽远的处所。因为事理变动太吓人，里面那些隐秘不可知的东西对于现在一般聪明的观众情感上也仿佛不易明了，我乃罩上一层纱。那“序幕”和“尾声”的纱幕便给了所谓的“欣赏的距离”。这样，看戏的人们可以处在适中的地位来看戏，而不致于使情感或者理解受了惊吓。不过演出“序幕”和“尾声”实际上有个最大的困难，那便是《雷雨》的繁长。《雷雨》确实用时间太多，删了首尾，还要演上四小时余，如若再加上这两件“累赘”，不知又要观众厌倦多少时刻。我曾经为着演出“序幕”和“尾声”想在那四幕里删一下，然而思索许久，毫无头绪，终于废然地搁下笔。这个问题需要一位好的导演用番工夫来解决，也许有一天《雷雨》会有个新面目，经过一次合宜的删改。然而目前我将期待着好的机会，叫我能依我自己的情趣来删节《雷雨》，把它认真地搬到舞台上。

不过这个本头已和原来的不同，许多小地方都有些改动，这些地方我应该感谢颖如，和我的友人巴金（谢谢他的友情，他在病中还替我细心校对和改正），孝曾，靳以，他们督催着我，鼓励着我，使《雷雨》才有现在的模样。在日本的，我应该谢谢秋田雨雀先生，影山三郎君和邢振铎君，为了他们的热诚和努力，《雷雨》的日译本才能出现，展开一片新天地。

末了，我将这本戏献给我的导师张彭春先生，他是第一个启发我接近戏剧的人。

曹　禺

一九三六年一月

日出（节选）

“天之道其犹张弓与？高者抑之，下者举之，有余者损之，不足者补之。天之道损有余而补不足，人之道则不然——损不足以奉有余。”

——老子《道德经》七十七章

“上帝就任凭他们存邪僻之心，行那些不合理的事。装满了各样不义、邪恶、贪婪、恶毒。满心是嫉妒、凶杀、争竞、诡诈、毒恨。……行这样事的人是当死的。然而他们不但自己去行，还喜欢别人去行。”

——《新约·罗马书》第二章

“……我的肺腑啊，我的肺腑啊！我心疼痛，我心在我里面烦躁不安，我不能静默不言。因为我已经听见角声和打仗的喊声。毁坏的信息连络不绝。因为全地荒废。我观看地，不料地是空虚混沌；我观看天，天也无光；我观看大山，不料，尽都震动，小山也都摇来摇去；我观看，不料，无人，空中的飞鸟也都躲避。我观看，不料，肥田变为荒地。一切城邑……都被拆毁。”

——《旧约·耶利米书》第五章

“……弟兄们……凡有弟兄不按规矩而行，不遵从我们所受的教训，就当远离他。……我们在你们中间未尝不按规矩而行，未尝白吃人的饭。倒是辛苦劳碌，昼夜作工。……我们在你们那里的时候，曾吩咐你们说，若有人不肯工作，就不可吃饭。”

——《新约·帖撒罗尼迦后书》第三章

“……弟兄们，我……劝你们都说一样的话，你们中间也不可分党。是要一心一意，彼此相合……”

——《新约·哥林多前书》第一章

"……我是世界的光，跟从我的，就不在黑暗里走，必要得着生命的光。……"

——《约翰福音》第八章

"……复活在我，生命也在我，信我的人虽然死，也必复活。……"

——《约翰福音》第十一章

……

……

……

"我又看见一片新天新地，因为先前的天地已经过去了！"

——《启示录》第二十一章

人　物

陈白露——在××旅馆住着的一个女人，二十三岁。

方达生——陈白露从前的“朋友”，二十五岁。

张乔治——留学生，三十一岁。

王福升——旅馆的茶房。

潘月亭——××银行经理，五十四岁。

顾八奶奶——一个有钱的孀妇，四十四岁。

李石清——××银行的秘书，四十二岁。

李太太——其妻，三十四岁。

黄省三——××银行的小书记。

黑三（即男甲）——一个地痞。

胡四——一个游手好闲的“面首”，二十七岁。

小东西——一个刚到城里不久的女孩子，十五六岁。

（第三幕登场人物另见该幕人物表内）

时间早春

第一幕　在××旅馆的一间华丽的休息室内。

——某日早五点。

第二幕　景同第一幕。

——当日晚五点。

第三幕　在三等妓院内。

——一星期后晚十一时半。

第四幕　景同第一幕。

——时间紧接第三幕，翌日晨四时许。

第一幕

是××大旅馆一间华丽的休息室，正中门通甬道，右——左右以台上演员为准，与观众左右相反——通寝室，左通客厅，靠后偏右角划开一片长方形的圆线状窗户。为着窗外紧紧地压贴着一所所的大楼，所以虽在白昼，有着宽阔的窗，屋里也嫌过于阴暗。除了在早上斜射过来的朝日使这间屋有些光明之外，整天是见不着一线自然的光亮的。

屋内一切陈设俱是畸形的，现代式的，生硬而肤浅，刺激人的好奇心，但并不给人舒适之感。正中文着烟儿，围着它横地竖地摆着方的、圆的、立体的、圆锥形的小凳和沙发。上面凌乱地放些颜色杂乱的座垫。沿着那不见棱角的窗户是一条水浪纹的沙发。在左边有立柜，食物柜，和一张小几，上面放着些女人临时用的化妆品。墙上挂着几张很荒唐的裸体画片，月份牌，和旅馆章程。地下零零散散的是报纸，画报，酒瓶和烟蒂头。在沙发上，立柜上搁放许多女人的衣帽，围巾，手套等物。间或也许有一两件男人的衣服在里面。食柜上杂乱地陈列着许多酒瓶，玻璃杯，暖壶。茶碗。右角立一架阅读灯，灯旁有一张圆形小几，嵌着一层一层的玻璃，放些烟具和女人爱的零碎东西，如西洋人形，米老鼠之类。

〔正中悬一架银熠熠的钟，指着五点半，是夜色将尽的时候。幕开时，室内只有沙发旁的阅读灯射出一圈光明。窗前的黄幔幕垂下来，屋内的陈设看不十分清晰，一切丑恶和凌乱还藏在黑暗里。

〔缓慢的脚步声由甬道传进来。正中的门呀地开了一半。一只秀美的手伸进来拧开中间的灯，室内豁然明亮。陈白露走进来。她穿着极薄的晚礼服，颜色鲜艳刺激，多褶的裙裾和上面两条粉飘带，拖在地面如一片云彩。她发际插一朵红花，乌黑的头发烫成小姑娘似的鬈髻，垂在耳际。她的眼明媚动人，举动机警，一种嘲讽的笑总挂在嘴角。神色不时地露出倦怠和厌恶，这种生活的倦怠是她那种飘泊人特有的性质。她爱生活，她也厌恶生活，生活对于她是一串习惯的桎梏，她不再想真实的感情的慰藉。这些年的飘泊教聪明了她，世上并没有她在女孩儿时代所幻梦的爱情。生活是铁一般的真实，有它自来的残忍！习惯，自己所习惯的种种生活的方式，是最狠心的桎梏，使你即使怎样羡慕着自由，怎样憧憬着在情爱里伟大的牺牲（如小说电影中时常夸张地来叙述的），也难以飞出自己的生活的狭之笼。因为她试验过，她曾经如一个未经世故的傻女孩子，带着如望万花筒那样的惊奇，和一个画儿似的男人飞出这笼；终于，像寓言中那习惯于金丝笼的鸟，已失掉在自由的树林里盘旋的能力和兴趣，又回到自己的丑恶的生活圈子里。当然地并不甘心这样生活下去，她很骄傲，她生怕旁人刺痛她的自尊心。但她只有等待，等待着有一天幸运会来叩她的门，她能意外地得一笔财富，使她能独立地生活着。然而也许有一天她所等待的叩门声突然在深夜响了，她走去打开门，发现那来客，是那穿着黑衣服的，不做一声地走进来。她也会毫无留恋地和他同去，为着她知道生活中意外的幸福或快乐毕竟总是意外，而平庸，痛苦，死亡永不会放开人的。

〔她现在拖着疲乏的步向台中走。右手的食指和中指盖着嘴，打了个呵欠。

陈白露 （走了两步，回过头）**进来吧！**（掷下皮包，一手倚着当中沙发的靠背。蹙着眉，脱下银色的高跟鞋，一面提住气息，一面快意地揉抚着自己尖瘦的脚。真地，好容易到了家，索性靠在柔软的沙发上舒展一下。“咦！”忽然她发现背后的那个人并没有跟进来。她套上鞋，倏地站起，转过身，一只腿还跪在沙发上，笑着向着房门）**咦！你怎么还不进来呀？**（果然，有个人进来了。约莫有二十七八岁的光景，脸色不好看，皱着眉，穿一身半旧的西服。不知是疲倦，还是厌恶，他望着房内乱糟糟的陈设，就一言不发地立在房门口。但是女人误会了意思，她眼盯住他，看出他是一副惊疑的神色）走进来点！怕什么呀！

方达生　（冷冷地）不怕什么！（忽然不安地）你这屋子没有人吧？

陈白露　（看看四周，故意地）谁知道？（望着他）大概是没有人吧！

方达生　（厌恶地）真讨厌。这个地方到处都是人。

陈白露　（有心来难为他，自然也因为他的态度使她不愉快）有人又怎样？住在这个地方还怕人？

方达生　（望望女人，又周围地嗅嗅）这几年，你原来住在这么个地方！

陈白露　（挑衅地）怎么，这个地方不好么？

方达生　（慢声）嗯——（不得已地）好！好！

陈白露　（笑着看男人那样呆呆地失了神）你怎么不脱衣服？

方达生　（突然收敛起来）哦，哦，哦，——衣服？（想不起话来）是的，我没有脱，脱衣服。

陈白露　（笑出声，看他怪好玩的）我知道你没有脱。我问你为什么这样客气，不肯自己脱大衣？

方达生　（找不出理由，有点窘迫）也许，也许是因为不大习惯进门就脱大衣。（忽然）嗯——是不是这屋子有点冷？

陈白露　冷？——冷么？我觉得热得很呢。

方达生　（想法躲开她的注意）你看，你大概是没有关好窗户吧？

陈白露　（摇头）不会。（走到窗前，拉开幔子，露出那流线状的窗户）你看，关得好好的，（望着窗外，忽然惊喜地）喂，你看！你快来看！

方达生　（不知为什么，慌忙跑到她面前）什么？

陈白露　（用手在窗上的玻璃划一下）你看，霜！霜！

方达生　（扫了兴会）你说的是霜啊！你呀，真——（底下的话自然是脱不了嫌她有点心浮气躁，但他没有说，只摇摇头）

陈白露　（动了好奇心）怎么，春天来了，还有霜呢。

方达生　（对她没有办法，对小孩似地）嗯，奇怪吧！

陈白露　（兴高采烈地）我顶喜欢霜啦！你记得我小的时候就喜欢霜。你看霜多美，多好看！（孩子似地，忽然指着窗）你看，你看，这个像我么？

方达生　什么？（伸头过去）哪个？

陈白露　（急切地指指点点）我说的是这窗户上的霜，这一块，（男人偏看错了地方）不，这一块，你看，这不是一对眼睛！这高的是鼻子，凹的是嘴，这一片是头发。（拍着手）你看，这头发，这头发简直就是我！

方达生　（着意地比较，寻找那相似之点，但是——）我看，嗯——（很老实地）并不大像。

陈白露　（没想到）谁说不像？（孩子似地执拗着，撒着娇）像！像！像！我说像！它就像！

方达生　（逆来顺受）好，像，像，像的很。

陈白露　（得意）啊。你说像呢！（又发现了新大陆）喂，你看，你看，这个人头像你，这个像你。

方达生　（指自己）像我？

陈白露　（奇怪他会这样地问）嗯，自然啦，就是这个。

方达生　（如同一个瞎子）哪儿？

陈白露　这块！这块！就是这一块。

方达生　（看了一会，摸了自己的脸，实在觉不出一点相似处，简单地）我，我看不大出来。

陈白露　（败兴地）你这个人！还是跟从前一样的别扭，简直是没有办法。

方达生　是么？（忽然微笑）今天我看了你一夜晚，就刚才这一点还像从前的你。

陈白露　怎么？

方达生　（露出愉快的颜色）还有从前那点孩子气。

陈白露　你……你说从前？（低声地）还有从前那点孩子气？（她仿佛回忆着，蹙起眉头，她打一个寒战，现实又像一只铁掌把她抓回来）

方达生　嗯，怎么？你怎么？

陈白露　（方才那一阵的兴奋如一阵风吹过去，她突然地显着老了许多。我们看见她额上隐隐有些皱纹，看不见几秒钟前那种娇痴可喜的神态，叹一口气，很苍老地）达生，我从前有过这么一个时期，是一个孩子么？

方达生　（明白她的心情，鼓励地）只要你肯跟我走，你现在还是孩子，过真正的自由的生活。

陈白露　（摇头，久经世故地）哼，哪儿有自由？

方达生　什么，你——（他住了嘴，知道这不是劝告的事。他拿出一条手帕，仿佛擦鼻涕那样动作一下，他望到别处。四面看看屋子）

陈白露　（又恢复平日所习惯那种漠然的态度）你看什么？

方达生　（笑了笑，放下帽子）不看什么，你住的地方，很，很——（指指周围，又说不出什么来，忽然找出一句不关轻重而又能掩饰自己情绪的称誉）很讲究。

陈白露　（明白男人的话并不是诚意的）嗯，讲究么？（顺手把脚下一个靠枕拿起来，放在沙发上，把一个酒瓶轻轻踢进沙发底下，不在意地）住得过去就是了。（瞌睡虫似乎钻进女人的鼻孔里，不自主地来一个呵欠。传染病似地接着男人也打一个呵欠。女人向男人笑笑。男人像个刚哭完的小孩，用手背揉着眼睛）你累了么？

方达生　还好。

陈白露　想睡觉么？

方达生　还好。——方才是你一个人同他们那些人在跳，我一起首就坐着。

陈白露　你为什么不一起玩玩？

方达生　（冷冷地）我告诉过你，我不会跳舞，并且我也不愿意那么发疯似地乱蹦跶。

陈白露　（笑得有些不自然）发疯，对了！我天天过的是这样发疯的生活。（远远鸡喔喔地叫了一声）你听！鸡叫了。

方达生　奇怪，怎么这个地方会有鸡叫？

陈白露　附近就是一个市场。（看表，忽然抬起头）你猜，现在是几点钟了？

方达生　（扬颈想想）大概有五点半，就要天亮了。我在那舞场里，五分钟总看一次表。

陈白露　（奚落地）就那么着急么？

方达生　（爽直地）你知道我现在在乡下住久了；在那种热闹地方总有点不耐烦。

陈白露　（理着自己的头发）现在呢？

方达生　（吐出一口气）自然比较安心一点。我想这里既然没有人，我可以跟你说几句话。

陈白露　可是（手掩着口，又欠伸着）现在就要天亮了。（忽然）咦，为什么你不坐下？

方达生　（拘谨地）你——你并没有坐。

陈白露　（笑起来，露出一半齐整洁白的牙齿）你真是书呆子，乡下人，到我这里来的朋友没有等我让座的。（走到他面前，轻轻地推他坐在一张沙发上）坐下。（回头，走到墙边小柜前）渴的很，让我先喝一口水再陪着你，好么？（倒水，拿起烟盒）抽烟么？

方达生　（瞪她一眼）方才告诉过你，我不会抽烟。

陈白露　（善意地讥讽着他）可怜——你真是个好人！（自己很熟练地燃上香烟，悠悠然呼出淡蓝色的氲氤）

方达生　（望着女人巧妙地吐出烟圈，忽然，忍不住地叹一声，同情而忧伤地）真地我想不到，竹均，你居然会变——

陈白露　（放下烟）等一等，你叫我什么？

方达生　（吃了一惊）你的名字，你不愿意听么？

陈白露　（回忆地）竹均，竹均，仿佛有多少年没有人这么叫我了。达生，你再叫我一遍。

方达生　（受感动地）怎么，竹均——

陈白露　（回味男人叫的情调）甜的很，也苦的很。你再这样叫我一声。

方达生　（莫明其妙女人的意思）哦，竹均！你不知道我心里头——（忽然）这里真没有人么？

陈白露　没有人，当然没有人。

方达生　（难过地）我看你现在这个样子。你不知道我的心，我的心里头是多么——

〔——但是由右面寝室里蹒跚出来一个人，穿着礼服，硬领散开翘起来，领花拖在前面。他摇摇荡荡的，一只袖管没有穿，在它前后摆动着。他们一同回过头，那客人毫不以为意地立在门前，一手高高扶着门框，头歪得像架上熟透了的金瓜，脸通红，一绺一绺的头发搭下来。一副白金眼镜挂在鼻尖上，他翻着白眼由镜子上面望过去，牛吼似地打着噎。

进来的客人 （神秘地，低声）嘘！（放正眼镜，摇摇晃晃地指点着）

陈白露 （大吃一惊倒吸一口气）Georgy！

进来的 Georgy （更神秘地，摆手）嘘！（他们当然不说话了，于是他飘飘然地走到方达生面前，低声）什么，心里？（指着他）啊！你说你心里头是多么——怎么？（亲昵地对着女人）白露，这个人是谁呀？

方达生 （不愉快而又不知应该怎么样）竹均，他是谁？这个人是谁？

进来的乔治 （仿佛是问他自己）竹均？（向男人）你弄错了，她叫白露。她是这儿顶红，顶红的人，她是我的，嗯，是我所最崇拜的——

陈白露 （没有办法）怎么，你喝醉了！

张乔治 （指自己）我？（摇头）我没有喝醉！（摇摇摆摆地指着女人）是你喝醉了！（又指着那男人）是你喝醉了！（男人望望白露的脸，回过头，脸上更不好看，但进来的客人偏指着男人说）你看你，你看你那眼直瞪瞪的，喝得糊里糊涂的样子！Pah（轻慢似地把雪白的手掌翻过来向外一甩，这是他最得意的姿势，接着又是一个噎）我，我真有点看不下去。

陈白露 （这次是她真看不下去了）你到这里来干什么？

方达生 （大了胆）对了，你到这里来干什么？（两只质问的眼睛盯着他）

张乔治 （还是醉醺醺地）嗯，我累了，我要睡觉，（闪电似地来了一个理由）咦！你们不是也到这儿来的么？

陈白露 （直瞪瞪地看着他，急了）这是我的家，我自然要回来。

张乔治 （不大肯相信）你的家？（小孩子不信人的顽皮腔调，先高后低的）嗯？

陈白露 （更急了）你刚从我的卧室出来，你这是什么意思？

张乔治 什么？（更不相信地）我刚才是从你的卧室出来？这不对，——不对，我没有，（摇头）没有。（摸索自己的前额）可是你们光让我想想，……（望着天仿佛在想）

陈白露 （哭不得，笑不得，望着男人）他还要想想！

张乔治　（摆着手，仿佛是叫他们先沉沉气）慢慢地，你们等等，不要着急。让我慢慢，慢慢地想想。（于是他模糊地追忆着他怎样走进旅馆，迈进她的门，瞥见了那舒适的床，怎样转东转西，脱下衣服，一跤跌倒在一团柔软的巢窠里。他的唇上下颤动，仿佛念念有词；做出种种手势来追忆方才的情况。这样想了一刻，才低声地）于是我就喝了，我就转，转了我又喝，我就转，转呀转，转呀转的，……后来——（停顿了，想不起来）后来？哦，于是我就上了电梯，——哦，对了，对了，（很高兴地，敲着前额）我就进了这间屋子，……不，不对，我还更进一层，走到里面。于是我就脱了衣服，倒在床上。于是我就这么躺着，背向着天，脑袋朝下。于是我就觉得恶心，于是我就哇啦哇啦地（拍脑袋，放开平常的声音说）对了，那就对了。我可不是从你的卧室走出来？

陈白露　（严厉地）Georgy，你今天晚上简直是发疯了。

张乔治　（食指抵住嘴唇，好莱坞明星的样子）嘘！（耳语）我告诉你，你放心。我并没有发疯。我先是在你床上睡着了，并且我喝得有点多，我似乎在你床上——（高声）糟了，我又要吐。（堵住嘴）哦，Pardon me，Mademoiselle，对不起小姐。（走一步，又回转身）哦先生，请你原谅。Pardon，Monsieur（狼狈地跳了两步，回过头，举起两手，如同自己是个闻名的演员对许多热烈的观众，做最后下台的姿势，那样一次再次地摇着手，鞠着躬）再见吧，二位。Good night！Good night！My lady and gen-tleman！Oh，good-bye，au revoir，Madame；et monsieur，I—I—I Shall—I Shall—（哇的一声，再也忍不住了，他堵住嘴，忙跑出门。门关上，就听见他呕吐的声音；似乎有人扶着他，他哼哼叽叽地走远了）

〔白露望望男人，没有办法地坐下。

方达生　（说不出的厌恶）这个东西是谁？

陈白露　（嘘出一口气）这是此地的高等出产，你看他好玩不？

方达生　好玩！这简直是鬼！我不明白你为什么跟这样的东西来往？他是谁？他怎么会跟你这么亲近？

陈白露　（夹起烟，坐下来）你要知道么？这是此地最优秀的产品，一个外国留学生，他说他得过什么博士硕士一类的东西，洋名 George，在外国他叫乔治张，在中国他叫张乔治。回国来听说当过几任科长，现在口袋里很有几个钱。

方达生　（走近她）可是你为什么跟这么个东西认识，难道你觉不出这是个讨厌的废物？

陈白露　（掸了掸烟灰）我没有告诉你么？他口袋里有几个钱。

方达生　有钱你就要……

陈白露　（爽性替他说出来）有钱自然可以认识我，从前我在舞场做事的时候，他很追过我一阵。

方达生　（明白站在他面前的女人已经不是他从前所想的）那就怪不得他对你那样了。（低下头）

陈白露　你真是个乡下人，太认真，在此地多住几天你就明白活着就是那么一回事。每个人都这样，你为什么这样小气？好了，现在好了，没有人啦，你跟我谈你要谈的话吧。

方达生　（从深思醒过来）我刚才对你说什么？

陈白露　你真有点记性坏。（明快地）你刚才说心里头怎么啦！这位张乔治先生就来了。

方达生　（沉吟，叹一口气）对了，“心里头”，“心里头”，我就是这么一个人，永远在心里头活着。可是竹均，（诚恳地）我看你是这个样子，你真不知道我心里头是多么——（门呀地开了，他停住了嘴）大概是张先生又来了。

〔进来的是旅馆的茶役，一副狡猾的面孔，带着谄媚卑屈的神气。

王福升　不是张先生，是我。（赔着笑脸）陈小姐，您早回来了。

陈白露　你有什么事？

王福升　方才张先生您看见了。

陈白露　嗯，怎么样？

王福升　我扶他另外开一间房子睡了。

陈白露　（不愉快）他爱上哪里，就上哪里，你告诉我做什么！

王福升　说的是呀。张先生说十分对不起您，喝醉了，跑到您房里来，把您的床吐，吐，——

陈白露　啊，他吐了我一床？

王福升　是，陈小姐您别着急，我这就给您收拾。（白露起来，他拦住她）您也别进去，省得看着别扭。

陈白露　这个东西，简直——也好，你去吧。

王福升　是。（又回转来）今天您一晚上不在家，来的客人可真不少。李五爷，方科长，刘四爷都来过。潘经理看了您三趟。还有顾家八奶奶来了电话说请您明天——嗯，今天晚上到她公馆去玩玩。

陈白露　我知道。回头你打个电话，请她下午先到这儿来玩玩。

王福升　胡四爷还说，过一会儿要到这儿来看看您。

陈白露　他愿意来就叫他来。我这里，哪一类的人都欢迎。

王福升　还有报馆的，张总编辑——

陈白露　知道。今天他有空也请他过来玩玩。

王福升　对了，潘经理今天晚上找了您三趟。现在他——

陈白露　（不耐烦）知道，知道，你刚才说过了。

王福升　可是，陈小姐，这位先生今天就——

陈白露　你不用管。这位先生是我的表哥。

方达生　（莫名其妙）表哥？

陈白露　（对着福升）他一会儿就睡在这儿。

方达生　不，竹均，我不，我是一会儿就要走的。

陈白露　好吧，（没想到他这样不懂事，不高兴地）随你的便。（对福升）你不用管了，走吧，你先把我的床收拾干净。

〔福升由卧室下。

方达生　竹均，怎么你现在会变成这样——

陈白露　（口快地）这样什么？

方达生　（叫她吓回去）呃，呃，这样地好客，——呃，我说，这样地爽快。

陈白露　我原来不是很爽快么？

方达生　（不肯直接道破）哦，我不是，我不是这个意思。……我说，你好像比从前大方得——

陈白露　（来得快）我从前也并不小气呀！哦，得了，你不要拿这样好听的话跟我说。我知道你心里是不是说我有点太随便，太不在乎。你大概有点疑心我很放荡，是不是？

方达生　（想掩饰）我……我……自然……，我……

陈白露　（追一步）你说老实话，是不是？

方达生　（忽然来了勇气）嗯——对了。你是比以前改变多了。你简直不是我以前想的那个人。你说话，走路，态度，行为，都，都变了。我一夜晚坐在舞场来观察你。你已经不是从前那样天真的女孩子，你变了。你现在简直叫我失望，失望极了。

陈白露　（故作惊异）失望？

方达生　（痛苦）失望，嗯，失望，我没有想到我跑到这里，你已经变成这么随便的女人。

陈白露　（警告他）你是要教训我么？你知道，我是不喜欢听教训的。

方达生　我不是教训你。我是看不下去你这种样子。我在几千里外听见关于你种种的事情，我不相信。我不相信我从前最喜欢的人会叫人说得一个钱也不值。我来看你，我发现你在这么一个地方住着；一个单身的女人，自己住在旅馆里，交些个不三不四的朋友，这种行为简直是，放荡，堕落，——你要我怎么说呢？

陈白露　（立起，故意冒了火）你怎么敢当着面说我堕落！在我的屋子里，你怎么敢说对我失望！你跟我有什么关系，你敢这么教训我？

方达生　（觉得已得罪了她）自然现在我跟你没有什么关系。

陈白露　（不放松）难道从前我们有什么关系？

方达生　（嗫嚅）呃，呃，自然也不能说有。（低头）不过你应该记得你是很爱过我。并且你也知道我这一次到这里来是为什么？

陈白露　（如一块石头）为什么？我不知道！

方达生　（恳求地）我不喜欢看你这样，跟我这样装糊涂！你自然明白，我要你跟我回去。

陈白露　（睁着大眼睛）回去？回到哪儿去？你当然晓得我家里现在没有人。

方达生　不，不，我说你回到我那里，我要你，我要你嫁给我。

陈白露　（恍然大悟的样子）哦，你昨天找我原来是要给我说媒，要我嫁人啊？（方才明白的语调）嗯！——（拉长声）

方达生　（还是那个别扭劲儿）我不是给你说媒，我要你嫁给我，那就是说，我做你的丈夫，你做我的——

陈白露　得了，得了，你不用解释。“嫁人”这两个字我们女人还明白怎么讲。可是，我的老朋友，就这么爽快么？

方达生　（取出车票）车票就在这里。要走天亮以后，坐早十点的车我们就可以离开这儿。

陈白露　我瞧瞧。（拿过车票）你真买了两张，一张来回，一张单程，——哦，连卧铺都有了。（笑）你真周到。

方达生　（急煎煎地）那么你是答应了，没有问题了。（拿起帽子）

陈白露　不，等等，我只问你一句话——

方达生　什么？

陈白露　（很大方地）你有多少钱？

方达生　（没想到）我不懂你的意思。

陈白露　不懂？我问你养得活我么？（男人的字典没有这样的字，于是惊吓得说不出话来）咦？你不要这样看我！你说我不应该这么说话么？咦，我要人养活我，你难道不明白？我要舒服，你不明白么？我出门要坐汽车，应酬要穿些好衣服，我要玩，我要跳舞，你难道听不明白？

方达生　（冷酷地）竹均，你听着，你已经忘了你自己是谁了。

陈白露　你要问我自己是谁么？你听着：出身，书香门第，陈小姐；教育，爱华女校的高材生；履历，一阵子的社交明星，几个大慈善游艺会的主办委员；……父亲死了，家里更穷了，做过电影明星，当过红舞女。怎么这么一套好身世，难道我不知道自己是谁？

方达生　（不屑地）你好像很自负似的。

陈白露　嗯，我为什么不呢？我一个人闯出来，自从离开了家乡，不用亲戚朋友一点帮忙，走了就走，走不了就死去。到了现在，你看我不是好好活着，我为什么不自负？

方达生　可是你以为你这样弄来的钱是名誉的么？

陈白露　可怜，达生，你真是个书呆子。你以为这些名誉的人物弄来的钱就名誉么？我这里很有几个场面上的人物，你可以瞧瞧，种种色色：银行家，实业家，做小官的都有。假若你认为他们的职业是名誉的，那我这样弄来的钱要比他们还名誉得多。

方达生　我不明白你究竟是什么意思，也许名誉的看法——

陈白露　嗯，也许名誉的看法，你跟我有些不同。我没故意害过人，我没有把人家吃的饭硬抢到自己的碗里。我同他们一样爱钱，想法子弄钱，但我弄来的钱是我牺牲过我最宝贵的东西换来的。我没有费着脑子骗过人，我没有用着方法抢过人，我的生活是别人甘心愿意来维持，因为我牺牲过我自己。我对男人尽过女子最可怜的义务，我享着女人应该享的权利！

方达生　（望着女人明灼灼的眼睛）可怕，可怕——哦，你怎么现在会一点顾忌也没有，一点羞耻的心也没有。你难道不知道金钱一迷了心，人生最可宝贵的爱情，就会像鸟儿似地从窗户飞了么？

陈白露　（略带酸辛）爱情？（停顿，掸掸烟灰，悠长地）什么是爱情？（手一挥，一口烟袅袅地把这两个字吹得无影无踪）你是个小孩子！我不跟你谈了。

方达生　（不死心）好，竹均，我看你这两年的生活已经叫你死了一半。不过我来了，我看见你这样，我不能看你这样下去。我一定要感化你，我要——

陈白露　（忍不住笑）什么，你要感化我？

方达生　好吧，你笑吧，我现在也不愿意跟你多辩了。我知道你以为我是个傻子，从那么远的路走到这里来找你，说出这一大堆傻话。不过我还愿意做一次傻请求，我想再把这件事跟你说一遍。我希望你还嫁给我。请你慎重地考虑一下，二十四小时内，希望你给我一个满意的答复。

陈白露　（故作惊吓状）二十四小时，可吓死我了。不过，如若到了你的期限，我的答复是不满意的，那么，你是否就要下动员令，逼着我嫁你么？

方达生　那，呃，那，——

陈白露　那你怎么样？

方达生　如果你不嫁给我——

陈白露　你怎么样？

方达生　（苦闷地）那——那我也许自杀。

陈白露　什么？（不高兴地）你怎么也学会这一套？

方达生　不，（觉得自己有点太时髦了）不，我不自杀。你放心，我不会为一个女人自杀的，我自己会走，我要走得远远的。

陈白露　（放下烟）对呀，这还像一个大人说的话。（立起）好了，我的傻孩子，那么你用不着再等二十四小时啦！

方达生　（立起以后）什么？

陈白露　（微笑）我现在就可以答复你。

方达生　（更慌了）现在？——不，你先等一等。我心里有点慌。你先不要说，我要把心稳一稳。

陈白露　（很冷静地）我先跟你倒一杯凉茶，你定定心好不好？

方达生　不，用不着。

陈白露　抽一支烟。

方达生　（不高兴）我告诉过你三遍，我不会抽烟。（摸着心）得了，过去了，你说吧。

陈白露　你心稳了。

方达生　（颤声）嗯！

陈白露　那么，（替他拿帽子）你就可以走了。

方达生　什么？

陈白露　在任何情形之下，我是不会嫁给你的。

方达生　为，为什么？

陈白露　不为什么！你真傻！这类的事情说不出个什么道理来的。你难道不明白？

方达生　那么，你对我没有什么感情？

陈白露　也可以这么说吧。（达生想拉住她的手，但她飘然走到墙边）

方达生　你干什么？

陈白露　我想按电铃。

方达生　做什么？

陈白露　你真地要自杀，我好叫证人哪。

方达生　（望着白露，颓然跌在沙发里）方才的话是你真心说的话，没有一点意气作用么？

陈白露　你看我现在还像个再有意气的人么？

方达生　（立起）竹均！（拿起帽子）

陈白露　你这是做什么？

方达生　我们再见了。

陈白露　哦，再见了。（夸张的悲戚，拉住他的手）那么，我们永别了。

方达生　（几乎要流眼泪）嗯，永别了。

陈白露　（看他到门口）你真预备要走么？

方达生　（孩子似的）嗯。

陈白露　那么，你大概忘了你的来回车票。

方达生　哦！（走回来）

陈白露　（举着车票）你真要走么？

方达生　嗯，竹均！（回头，用手帕揩去忍不住的眼泪）

陈白露　（两手抓着他的肩膊）你怎么啦？傻孩子，觉得眼睛都挂了灯笼了么？你真不害羞，眼泪是我们女人的事！好了，（如哄小兄弟一样）我的可怜虫，叫我气哭了，嗯？我跟你擦擦，你看，那么大的人，多笑话！不哭了，不哭了！是吧？（男人经过了这一番抚慰，心中更委屈起来，反加抽噎出了声音。白露大笑，推着他坐下）达生，你看你让我跟你说一句实在话。你先不要这样孩子气，你想，你要走，你就能随便走么？

方达生　（抬起头）怎么？

陈白露　（举车票）这是不是你的车票？

方达生　嗯，怎么？

陈白露　你看，这一下（把车票撕成两片）好不好？这又一下（把车票撕成四片）好不好？（扔在痰盂里）我替你保存在这里头。好不好？

方达生　你，你怎么——

陈白露　你不懂？

方达生　（眉梢挂着欢喜）怎么，竹均，你又答应我了么？

陈白露　不，不，你误会我的意思，我没有答应你，我方才是撕你的车票，我不是撕我的卖身契。我是一辈子卖给这个地方的。

方达生　那你为什么不让我走？

陈白露　（诚恳地）你以为世界上就是你一个人这样多情么？我不能嫁给你，难道就是我恨了你？你连跟我玩一两天，谈谈从前的事的情份都没有了么？你有点太古板，不结婚就不能做一个好朋友？难道想想我们以往的情感不能叫我们也留恋一点么？你一进门就斜眼看着我，东不是，西不是的。你说我这个不对，那个不对。你说了我，骂了我。你简直是瞧不起我，你还要我立刻嫁给你。还要我二十四小时内答复你，哦，还要我立刻跟你走。你想一个女子就是顺从得该像一只羊，也不致于可怜到这步田地啊。

方达生　（憨直地）我向来是这个样子，我不会表示爱情，你叫我跪着，说些好听的话，我是不会的。

陈白露　是啊，所以无妨你先在我这里多学学，过两天，你就会了的。好了，你愿意不愿意跟我再谈一两天？

方达生　（爽直地）可是谈些什么呢？

陈白露　话自然多得很，我可以介绍你看看这个地方，好好地招待你一下，你可以看看这里的人怎样过日子。

方达生　不，用不着，这里的人都是鬼。我不用看。并且我的行李昨天已经送到车站了。

陈白露　真送到车站么？

方达生　自然我从来不，——从来不说谎话的。

陈白露　福升。

〔茶房由卧室出。

王福升　陈小姐，您别忙，您的床就收拾好。

陈白露　不是这个，我问你，我走的时候，我叫你从东方饭店——嗯！从车站取来的行李，你拿回来了么？

王福升　你说方先生的是不是，拿回来了。我从饭店里拿回来了。

方达生　竹均，我的行李你怎么敢从我的旅馆取出来了。

陈白露　嗯，——我从你的旅馆居然就敢取出来了。你这不会说谎的笨东西。（对福升）你现在搁在哪个房间里？

王福升　东边二十四号。

陈白露　是顶好的房子么？

王福升　除了您这四间房，二十四号是这旅馆顶好的。

陈白露　好，你领着方先生去睡吧。要是方先生看着不合适，告诉我，我把我的屋子让给他。

王福升　是，陈小姐。（下）

方达生　（红了脸）可是竹均，这不像话——

陈白露　这个地方不像话的事情多得很。这一次，我要请你多瞧瞧，把你这副古板眼镜打破了，多看看就像话了。

方达生　不，竹均，这总应该斟酌一下。

陈白露　不要废话，出去！（推他）福升，福升，福升！

〔福升上。

方达生　在这样的旅馆里，我一定睡不着的。

陈白露　睡不着，我这里有安眠药，多吃两片，你就怎么也不嫌吵的慌了。你要么？

方达生　你不要开玩笑，我告诉你，我不愿看这个地方。

陈白露　不，你得看看，我要你看看。（对福升）你领着他去看房子。（一面推达生，一面说）赶快洗个澡，睡个好觉。起来，换一身干净衣服，我带你出去玩玩。走，乖乖的，不要不听话，听见了没有？Good night——（远远一声鸡鸣）你听，真不早了。快点，睡去吧。

〔男人自然还是撅着嘴，倔强，但是经不得女人的手同眼睛，于是被她哄着骗着推下去。

〔她关上门。过度兴奋使她无力地倚在门框上。同时疲乏仿佛也在袭击着她，她是真有些倦意了。一夜晚的烟酒和激动吸去了她大半的精力。她打一个呵欠，手背揉着青晕更深了的眼睛。她走到桌前，燃着一支香烟。外面遥遥又一声鸡鸣。她回过头，凝望窗外漫漫浩浩一片墨影渐渐透出深蓝的颜色。如一只鸟，她轻快地飞到窗前。她悄悄地在窗上的霜屑划着痕路。丢下烟，她又笑又怕地想把脸猫似地偎在上面，“啊！”的一声，她登时又缩回去。她不甘心，她偏把手平排地都放在霜上面。冷得那样清爽！她快意地叫出来。她笑了。她索性擦掉窗上叶子大的一块霜迹，眯着一只眼由那隙缝窥出。但她想起来了，她为什么不开了窗子看天明？她正要拧转窗上铁链，忽然想着她应该关上灯，于是敏捷地跑到屋子那一端灭了亮。房屋顿时黑暗下来，只有窗子渗进一片宝蓝的光彩。望见一个女人的黑影推开了窗户。

〔外面：在阴暗的天空里，稀微的光明以无声的足步蹑着脚四处爬上来。窗外起初是乌漆一团黑，现在由深化浅。微暗天空上面很朦胧地映入对面一片楼顶棱棱角角的轮廓，上面仿佛晾着裤褂床单一类的东西，掩映出重重叠叠的黑影。她立在窗口，斜望出去，深深吸进一口凉气，不自主地打一个寒战。远处传来低沉的工厂的汽笛声，哀悼似地长号着。

〔屋内光影暧昧，不见轮廓。这时由屋的左面食物柜后悄悄爬出一个人形，倚着柜子立起，颤抖着，一面蹑足向门口走，预备乘机偷逃。白露这时觉得背后窸窸窣窣有人行走。她蓦然回转头，看过去。那人仿佛钉在那里，不能动转。

陈白露　（低声，叫不出来）有贼。

那　人　（先听见气迸出的字音）别叫，别叫！

陈白露　谁，（慌张）你是谁？

那　人　（缩做一团，喘气和抖的声音）小……姐！小……姐！

陈白露　（胆子大了点）你是干什么的？

那　人　我……我……（抽噎）

〔白露赶紧跑到墙边开灯，室内大放光明。在她面前立着一个瘦弱胆怯的小女孩子，约莫有十五六岁的样子，两根小辫垂在乳前，头发乱蓬蓬的，惊惶地睁着两个大眼睛望着白露，两行眼泪在睫毛下挂着。她穿一件满染油渍，肥大绝伦的蓝绸褂子，衣裾同袖管几乎拖曳地面。下面的裤也硕大无比，裤管总在地上磨擦着。这一身衣服使她显得异样怯弱渺小，如一个婴儿裹在巨人的袍褂里。因为寒冷和恐惧，她抖得可怜，在她亮晶晶的双眼里流露出天真和哀求。她低下头，一寸一寸地向后蹒跚，手里提着裤子，提心吊胆，怕一不谨慎，跌在地上。

陈白露　（望着这可笑又可怜的动物）哦，可怜，原来是这么一个小东西。

小东西　（惶恐而忸怩地）是，是，小姐。（小东西一跛一跛地向后退，一不小心踏在自己的裤管上，几乎跌倒）

陈白露　（忍不住笑——但是故意地绷起脸）啊，你怎么会想到我这里，偷东西？啊！（佯为怒态）小东西，你说！

小东西　（手弄着衣裾）我……我没有偷东西。

陈白露　（指着）那么，你这衣服偷的是谁的？

小东西　（低头估量自己的衣服）我，我偷的是我妈妈的。

陈白露　谁是你妈妈？

小东西　（望白露一眼，呆呆地撩开眼前的短发）我妈妈！——我不知道我妈妈是谁。

陈白露　（笑了——依然忖度她）你这个糊涂孩子，你怎么连你妈妈都不知道。你妈妈住在什么地方？

小东西　（指屋顶）在楼上。

陈白露　在楼上。（她恍然明白了）哦，你在楼上，可怜，谁叫你跑出来的？

小东西　（声音细得快听不见）我，我自己。

陈白露　为什么？

小东西　（胆怯）因为……他们……（低下头去）

陈白露　怎么？

小东西　（恧然）他们前天晚上——（惧怕使她说不下去）

陈白露　你说，这儿不要紧的。

小东西　他们前天晚上要我跟一个黑胖子睡在一起，我怕极了，我不肯，他们就——（抽咽）

陈白露　哦，他们打你了。

小东西　（点头）嗯，拿皮鞭子抽。昨天晚上他们又把我带到这儿来。那黑胖子又来了。我实在是怕他，我吓得叫起来了，那黑胖子气走了，他们……（抽咽）

陈白露　（泫然）他们又打你了。

小东西　（摇头，眼泪流下来）没有，隔壁有人，他们怕人听见。堵住我的嘴，掐我，拿（哭起来）……拿……拿烟签子扎我（忍住泪）您看，您看！（伸出臂膊，白露执着她的手。太虚弱了，小东西不自主地跪下去，但膝甫触地，"啊"的一声，她立刻又起来）

陈白露　（抱住她）你怎么啦？

小东西　（痛楚地）腿上扎的也是，小姐。

陈白露　天！（不敢看她的臂膊）你这只胳膊怎么会这样……（用手帕揩去自己的眼泪）

小东西　不要紧的，小姐，您不要哭。（盖上自己的臂膊）他们怕我跑，不给我衣服，叫我睡在床上。

陈白露　你跑出去的时候，他们干什么？

小东西　在隔壁抽烟打牌。我才偷偷地起来，把妈妈的衣服穿上。

陈白露　你怎么不一直跑出去？

小东西　（仿佛很懂事的）我上哪儿去？我不认识人，我没有钱。

陈白露　不过你的妈妈呢？

小东西　（傻气地）在楼上。

陈白露　不是，我说你的亲妈妈，生你的妈妈。

小东西　她？（眼眶含满了泪）她早死了。

陈白露　父亲呢？

小东西　前个月死的。

陈白露　哦！（她回过身去）——可是你怎么跑到我这里来？他们很容易找着你的。

小东西　（恐惧到了极点）不，不，不！（跪下）小姐，您修个好吧，千万不要叫他们找着我，那他们会打死我的。（拉着小姐的手）小姐，小姐，您修个好吧！（叩头）

陈白露　你起来，（把她拉起来）我没有说把你送回去，你先坐着，让我们想个法子。

小东西　谢谢您，谢谢您，小姐。（她忽然跑到门前，把门关好）

陈白露　你干什么？

小东西　我把门关严，人好进不来。

陈白露　哦——不要紧的。你先不要怕。（停）可是你方才不是想出去吗？

小东西　（点首）嗯。

陈白露　你预备上哪儿去？

小东西　（低声）我原先想回去。

陈白露　（奇怪）回去，还回到他们那里去？

小东西　（低头）嗯。

陈白露　为什么？

小东西　饿——我实在饿得很。我想也许他们还不知道我跑出来。我知道天亮以后他门还得打我一顿，可是过一会他们会给我一顿稀饭吃的。旁的地方连这点东西也不会给我。

陈白露　你还没有吃东西？

小东西　（天真的样子）肚子再没有东西，就会饿死的，他们不愿意我死，我知道。

陈白露　你多少时没有吃东西？（她到食物柜前）

小东西　有一天多了。他们说是要等那黑胖子喜欢之后才许我吃呢。

陈白露　好，你先吃一点饼干。

小东西　（接过来）谢谢您，小姐。（她背过脸贪婪地吃）

陈白露　你慢慢吃，不要噎着。

小东西　（忽然）就这么一点么？

陈白露　（怜悯地看着她）不要紧！你吃完了还有。——（哀矜地）饿逼得人会到这步田地么？

〔中门呀地开了。

小东西　（赶紧放下食物，在墙角躲起来）啊，小姐。

陈白露　谁？

〔福升上。

王福升　是我，福升。

小东西　小姐，（惊惧）他……他……

陈白露　不要怕，小东西，他是侍候人的茶房。

王福升　小姐，大丰银行的潘经理，昨天晚上来了三遍。

陈白露　知道，知道。

王福升　他还没有走。

陈白露　没有走？为什么不走？

王福升　这旅馆旁边不是要盖一座大楼么？潘经理这也许跟他那位秘书谈这件事呢。可是他说了，小姐回来，就请他去。他要见您。

陈白露　真奇怪，他们盖房子就得了，偏要半夜到这个地方来谈。

王福升　说的是呢。

陈白露　那么刚才你为什么不说？

王福升　刚才，不是那位方先生还在——

陈白露　哦，那你不要叫他来，你跟潘经理说，我要睡了。

王福升　怎么，您为什么不见见他呢，您想，人家潘经理，大银行开着——

陈白露　（讨厌这个人的罗嗦）你不要管，我不愿意见他，我不愿意见他，你听见了没有？

王福升　（卑屈的神色，谄笑着）可是，小姐，您千万别上火。（由他袋里摸出一大把账单来）您听着，您别着急！这是美丰金店六百五十四块四，永昌绸缎公司三百五十五元五毛五，旅馆二百二十九块七毛六，洪生照相馆一百一十七块零七毛，久华昌鞋店九十一块三，这一星期的汽车七十六元五——还有——

陈白露　（忍不住）不要念，不要念，我不要听啊。

王福升　可是，小姐，不是我不侍候您老人家，您叫我每天这样搪账，说好说歹，今天再没有现钱，实在下不去了。

陈白露　（叹了一口气）钱，钱，永远是钱！（哀痛地）为什么你老是用这句话来吓唬我呢！

王福升　我不敢，小姐，可是，这年头不济，市面紧，今天过了，就不知道明天还过不过——

陈白露　我从来没有跟旁人伸手要过钱，总是旁人看着过不去，自己把钱送来。

王福升　小姐身份固然要紧。可是——

陈白露　好吧，我回头就想法子吧，叫他们放心得了。

王福升　（正要出门）咦，小姐。哪里来的这么个丫头？

〔小东西乞怜地望着白露。

陈白露　（走到小东西旁边）你不用管。

王福升　（上下打量小东西）这孩子我好像认得。小姐，我劝您少管闲事。

陈白露　怎么？

王福升　外面有人找她。

陈白露　谁？

王福升　楼上的一帮地痞们，穿黑衣服，歪戴着毡帽，尽是打手。

小东西　（吓出声音）啊，小姐，（走到福升前面，抓住他）啊，老爷。您得救救我？（正要跪下，福升闪开）

王福升　（对小东西）你别找我。

陈白露　（向福升）把门关上！锁住。

王福升　可是，小姐——

陈白露　锁上门。

王福升 （锁门）小姐，这藏不住，她妈妈跟她爸爸在这楼里到处找她呢。

陈白露 给他们一点钱，难道不成，

王福升 您又大方起来了。给他们钱？您有几万？

陈白露 怎么讲？

王福升 您这时出钱，那他们不敲个够。

陈白露 那我们就——

〔外面足步与说话声。

王福升 别做声！外面有人。（听一会）他们来了。

小东西 （失声）啊，小姐！

陈白露 （紧紧握着她的手）你要再叫，管不住自己，我就把你推出去。

小东西 （喑哑）小，小姐，不，不！

陈白露 （低声）不要说话，听着。

〔外面男甲的声音：（暴躁地）这个死丫头，一点造化也没有，放着福不享，偏要跑，真他妈的是乡下人，到底不是人揍的。

〔外面女人的声音：（尖锐的喉咙）你看金八爷叫这孩子气跑了。

〔外面男乙的声音：（迟缓低哑的）什么，金八看上了她？

〔外面女人的声音：你看这不是活财神来了。可是这没有人心的孩子，偏跑了，你看这怎么交代？这可怎么交代——

〔外面男甲的声音：（不耐烦地对着妇人咆哮）去你妈的一边去吧。孩子跑了，你不早看着，还叨叨叨，叨叨叨，到这时候，说他妈的一大堆废话。（女人不做声）喂，老三，你看，她不会跑出去吧？

〔外面男乙的声音：（老三，地痞里面的智多星，迟缓而自负地）不会的，不会的，她要穿着大妈的衣服走的，一件单褂子，这么冷的天，她上哪儿去？

〔外面女人的声音：（想得男甲的欢心。故意插进嘴）可不是，她穿我的衣服跑的。那会跑哪儿去？可是二楼一楼都说没看见，老三，你想，她会——

〔外面男丙的声音：（一个凶悍而没有一点虑谋的人）大妈，这楼的茶房说刚才见过她，那她还会跑到哪儿去？

〔外面男甲粗暴的声音：（首领的口气）那么一定就在这一层楼里，下工夫找吧。

〔外面女人声：（狺狺然）哼，反正跑不了，这个死丫头。

〔外面数男人声：
别着急！大妈！
一定找得着。
就在这儿，让我们分着找。

〔屋内三人屏息谛听，男女足步声渐远。

陈白露　走了么？

王福升　（嘶出一口气）走了，大概是到那边去了。

陈白露　（忽然打开门）那么，让我看看。（正要探出头去，小东西拉着她的手，死命地拉她回来）

小东西　（摇头，哀求）小姐！小姐！

王福升　（推着她，关好门，摇头，警告地）不要跟他们打交道。

陈白露　（向小东西）不要怕，不要紧的。（向福升）怎么回事，难道——

王福升　别惹他们。这一帮人不好惹，好汉不吃眼前亏。

陈白露　怎么？

王福升　他们成群结党，手里都有家伙，都是吃卖命饭的。

陈白露　咦，可是他们总不能不讲理呀！把这孩子打成这样，你看，（拿起小东西臂膊）拿烟杆子扎的，流了多少血。闹急了，我就可以告他们。

王福升　（鄙夷地）告他们！告谁呀？他们都跟地面上的人有来往，怎么告，就是这官司打赢了，这点仇您可跟他们结的了？

陈白露　那么——难道我把这个孩子送给他们去？

小东西　（恐惧已极，喑哑声）不，小姐。（眼泪暗暗流下来，她用大袖子来揩抹）

王福升　（摇头）这个事难，我看您乖乖地把这孩子送回去。我听说这孩子打了金八爷一巴掌，金八爷火了。您不知道？

陈白露　金八爷！谁是金八爷？

小东西　（抬起头）就是那黑胖子。

王福升　（想不到白露会这样孤陋寡闻）金八爷！金八爷！这个地方的大财神，又是钱，又是势，这一帮地痞都是他手下的，您难道没听见说过？

陈白露　（慢慢倒吸一口气，惊愕地）什么，金八？是他？他怎么会跑到这旅馆来？

王福升　家里不开心，到这儿来玩玩，有了钱做什么不成。

陈白露　（低声）金八，金八。（向小东西）你的命真苦，你怎么碰上这么个阎王。——小东西，你是打了他一巴掌？

小东西　（憨态地）你说那黑胖子？——嗯。他拼命抱着我，我躲不开，我就把他打了，（仿佛这回忆是很愉快的）狠狠地在他那肥脸上打了一巴掌！

陈白露　（自语，严肃地）你把金八打了！

小东西　（看神气不对，求饶）可是，小姐，我以后再也不打他了，再也不了。

陈白露　（自语）打的好！打的好！打的痛快！

王福升　（怯惧）小姐，这件事我可先说下，没有我在内。您要大发慈悲，管这个孩子，这可是您一个人的事，可没有我。过一会，他们要问到我——

陈白露　（毅然）好，你说你没看见！

王福升　（望着小东西）没看见？

陈白露　（命令）我要你说没看见。

王福升　（不安状）可是——

陈白露　出了事由我担待。

王福升　（正希望白露说出这句话）好，好，好，由您担待。（油嘴滑舌）上有电灯，下有地板，这可是您自己说的。

陈白露　（点头）嗯，自然，我说一句算一句。现在你把潘经理请进来吧。

王福升　可是您刚才不是不要他老人家来么？

陈白露　我叫你去，你就去，少说废话——

王福升　（一字比一字声拖得长）是，——是，——是，——

〔福升不以为然地走出去。

陈白露　（向小东西）吃好了没有？

小东西　才吃了两块。

陈白露　怎么？

小东西　我…我……没有吃饱。

陈白露　你尽量地吃吧。

小东西　不，我不吃了。

陈白露　怎么？

小东西　我怕，我实在是怕的慌。（忍不住哭出声来）

陈白露　（过来安慰她）不要哭！不要哭！

小东西　小姐，你不会送我到他们那儿去吧。

陈白露　不，不会的。你别哭了，别哭了，你听，外边有人！

〔小东西立刻止住哭声。屏息凝视房门。

〔潘经理进。潘经理——一块庞然大物，短发已经斑白，行动很迟缓，然而见着白露，他的年纪，举动态度就突然来得如他自己的儿子一般年青，而他的最小的少爷已经二十出头了。他的秃顶油亮亮的，眼睛瞢瞢的，鼻子像个狮子狗；有两撇胡子，一张大嘴，金质的牙时常在呵呵大笑的时刻，夸耀地闪烁着。他穿一件古铜色的獭羢皮袍，上面套着是缎坎肩。那上面挂着金表链和翠坠儿。他仿佛将穿好衣服，领扣还未系好，上一边的领子还摺在里面，一只手拿着雪茄，皱着眉却又忍不住笑。那样尴尬的神气迎着白露。

潘月亭　白露，我知道你会找我来的！我等了你一夜晚，幸亏李石清来了，跟我谈谈银行的事，不然真不知道怎么过，我叫人看看你，没回来；叫人看看你，没回来。你看我请你吃饭，你不去；我请你跳舞，你不去；我请你——可是（非常得意）我知道你早晚会找我的。

陈白露　（睨视）你这么相信你的魔力么？

潘月亭　（自负地）可惜，你没有瞧见我年轻的时候，那时——（忽然向福升）你没有事，在这儿干什么，出去！

王福升　是，潘经理。

〔福升下。

潘月亭　（低声）我知道你想我，（自作多情）是不是？你想我。你说，你想我，是不是？（呵呵大笑）

陈白露　嗯！我想你——

潘月亭　是的，我知道，（指点着）你良心好。

陈白露　嗯，我想你给我办一件事。

潘月亭　（故意皱起眉头）又是办事，又是办事。——你见着我，没有别的，你专门好管这些闲事。

陈白露　你怎么知道的？

潘月亭　福升全告诉我了。

陈白露　你管不管？

潘月亭　（走近小东西）原来是这么个小东西。

小东西　是，老爷。

陈白露　你看她多么可怜。——她——

潘月亭　得了，我都知道，反正总是那么一套。

陈白露　（要挟地）月亭，你管不管？

潘月亭　我管！我管！

陈白露　小东西，你还不谢谢潘经理。

〔小东西正要跪下。

潘月亭　（拦住她）得了，得了。白露，你真会跟我找麻烦。

陈白露　你听！（外面人声）他们好像就在门口。小东西你到（指右面）那屋去。

〔小东西进右屋。

〔门外男甲声：是这个门口么？

〔门外男乙声：是！

陈白露　（向潘）他们大概指着我的这个门。

潘月亭　嗯！

〔门外男甲声：别含糊，你是看见她进了这个门？

〔门外男乙声：嗯。

〔门外男甲声：没有出来？

〔门外女人声：你看你，走到门口又犹疑什么？

〔门外男丙声：不，弄清楚，别走错了门。

〔男人说话混杂声。

陈白露　月亭，你不能等他们进来，你打开门出去，叫他们滚蛋。

潘月亭　这帮人他们大概都认识我，叫他们走还容易。

陈白露　好，月亭，谢谢你，谢谢你，你真是个好人。

潘月亭　（傻笑）自从我认识你，你第一次说谢谢我。

陈白露　（揶揄地）因为你第一次当好人。

潘月亭　怎么你又挖苦我，白露，你——

陈白露　不要吵了，你打发他们走吧。

潘月亭　好。（转门钮正要开门）

陈白露　可是月亭，你当然知道这个小东西是金八看上的。

潘月亭　金八。什么？（手拿回来）

陈白露　她把金八得罪了。

潘月亭　什么，这是金八看上的人？

陈白露　福升没有告诉你？

潘月亭　没有，没有，你看你，险点做个错事。（逡巡退回）

陈白露　怎么，月亭，你改主意了。

潘月亭　白露，你不知道，金八这个家伙不大讲面子，这个东西有点太霸道。

陈白露　那么，你不管了？

潘月亭　不是我不管，是我不能管，并且这么一个乡下孩子，你又何必——

陈白露　月亭，你不要拦我，你不管就不管，不要拦我。

潘月亭　你看，你看。

〔门外男丙声：（粗暴地）敲门，她一定在这儿，一定在这儿。

〔门外男甲声：怎么？

〔门外男丙声：你看，这不是大妈的手绢？那孩子不是穿着大妈衣服跑的么？

〔门外女人声：可不是，就是我的手绢。

〔门外男甲声：那一定是这个门，她一定在这里。开门，开门。

陈白露　（揶揄）你不要怕啊！（正要开门迎出）

潘月亭　（拉住白露的手）你别理他们。

〔门外人声：开门，开门，我们找人。

陈白露　月亭，你先进到那屋去，省得你为难，我要开门。

潘月亭　别，白露。

陈白露　你进去。（指左边）你进去，——我生气了。

潘月亭　好，我进去。

陈白露　快快。

〔潘进左门，白露立刻大开中门。

陈白露　（对门外）你们进来吧！你们找谁？

门外男甲　（穿着黑衣服，戴着黑帽子的）你管我找谁呢，（气汹汹地，对着后边的党羽）进来，你们都进来，搜搜吧。

陈白露　（忽然声色俱厉地）站住，都进来？谁叫你们都进来？你们吃些什么长大的，你们要是横不讲理，这个码头横不讲理的祖宗在这儿呢！（笑）你们是搜私货么？我这儿搜烟土有烟土，搜手枪有手枪，（挺起胸）不含糊你们！（指左屋）我这间屋里有五百两烟土，（指右屋）那间屋里有八十杆手枪。你们说，要什么吧？这点东西总够你们大家玩的。（门口的人一时吓住了。向门口）进来呀！诸位！（很客气地）你们怎么不进来呀？怎么那么大的人，怕什么呀！

男　丙　（懵懵地）进来就进来！这算个什么？

男　甲　混蛋！谁叫你进来的，滚出去！

男　丙　（颟顸地）滚就滚，这又算什么！

男　甲　（笑）您别，别多心。您这生的是哪一家子气！我们没有事也不会到这儿来打搅。我们跑丢了一个小孩子，一个刚混事由的。我们到这儿来也是看看，怕她藏在什么地方，回头吓着您。

陈白露　哦，（恍然）你们这一大帮人赶到我这儿来，是为找一个小姑娘呀！

男　甲　（非常关心）那么您大概一定是看见她进来了。

陈白露　对不起，我没有看见。

男　甲　可是在您门口我们找着她丢的一个手绢。

陈白露　那她要丢，我有什么法子？

男　甲　您不知道，刚才还有人看见她进到您门里来。

陈白露　到我的屋子来，那我可说在头里，她要偷了我的东西，你们可得赔。

男　甲　您别打哈哈。我们说不定都是一家子的人。您也帮个忙，我看得出来，您跟金八爷一定也是——

陈白露　金八爷？哦，你们也是八爷的朋友？

男　甲　（笑）够不上朋友，常跟他老人家办点小事。

陈白露　那么，好极了，金八爷方才叫我告诉门口的人，叫你们滚开。

男　甲　怎么？金八爷跟您会说——

陈白露　（索性做到底）八爷就在这儿。

男　甲　（疑惑）在这儿！我们刚送八爷出旅馆。

陈白露　可是你们没看见，他又进来了。

男　甲　又进来了？（停顿，看出她的谎）那我们得见见，我们得把这件事告诉他。（回向门口）你们说，对不对？

〔门口人声：对，对，我们得见见。

陈白露　（镇静）不成！八爷说不愿见人。

男　甲　他不会不见我。我要见他，我要见。

陈白露　不成，你不能见。

男　甲　不能见，我也得见。（看见白露向着右边小东西藏的屋子走）八爷大概就在这个屋子。

陈白露　（忽然跑到左边潘藏匿的房屋门口。故意用两手抵着门框）好，你进到那屋子去吧，只要你不进这屋子来。

男　甲　哦，——八奶奶又要跟我们打哈哈，是不是？（向白露走来狞笑。凶恶地）躲开！躲开！

陈白露　你大概要做死！（回头向左门）八爷，八爷，你先出来教训教训他们这帮混账东西。

〔门开，潘披着一个睡衣出。

潘月亭　（低声指着门内）白露，吵什么，八爷睡觉了。（望着男甲）咦。黑三？是你，你这是干什么？

男　甲　哦，（想不到）潘四爷，您老人家也在这儿。

潘月亭　我刚跟八爷进来，到这儿来歇歇腿，抽口烟，你们在这儿是要造反，怎么啦？

男　甲　（嗫嚅）怎么，八爷是在这儿，（笑）——呃呃，是在这儿睡觉了？

潘月亭　怎么，你要进来谈谈么？那么，请进来坐坐吧！（大开门）我烧一口烟，叫金八起来陪陪你好么？

男　甲　（赔着笑）潘四爷跟我们开什么心？

潘月亭　不坐坐么？门口那几位不进来歇歇？不么？

男　甲　不，不，您看我们也是有公事——

潘月亭　好极了。你们要有事，那就请你们给我滚蛋，少在这里废话！

男　甲　（服从地）是，潘四爷您别生这么大的气！我们得罪的地方您可得多担待着点。（忽然回头向门口的人们）你们看什么，你们这些混蛋还不滚！他妈的这些死人！（又转过笑脸）没有法子！这一群人！回头，潘四爷，八爷醒了之后您可千万别说我们到这儿胡闹来啦。小姐，您得多替我们美言两句。刚才的事您千万一字不提。方才我对您算开的玩笑，是我该死！（自己打自己的嘴巴）该死！该死！

陈白露　好好，快滚吧。

男　甲　（谄媚）您出气了吧？好，我们走了。

〔男甲下。

陈白露　（关上门）完了，（自语）我第一次做这么一件痛快事。

潘月亭　完了，我第一次做这么一件荒唐事。

陈白露　好啦，走啦，请金八爷归位吧。

潘月亭　哼！“请神容易送神难”。用这个招牌把他们赶走了倒容易，回头见着金八，我们说不定就有乱子，出麻烦。

陈白露　今天不管明天事。反正这事好玩的很。

潘月亭　好玩?

陈白露　我看什么事都“好玩”，你说是不是?（呵欠）我真有点累了，（忽然瞥见地上的日影）喂！你看，你看！

潘月亭　什么？什么?

陈白露　太阳，太阳，——太阳都出来了。（跑到窗前）

潘月亭　（干涩地）太阳出来就出来得了，这有什么喊头。

陈白露　（对着日光，外面隐隐有雀噪声）你看，满天的云彩，满天的亮——喂，你听，麻雀！（窗外吱吱雀噪声）春天来了。（满心欢悦，手舞足蹈地）哦！我喜欢太阳，我喜欢春天，我喜欢年轻，我喜欢我自己。哦，我喜欢！（长长吸一口冷气）

潘月亭　（不感觉兴趣地）喜欢就喜欢得了，说什么！（忽然地）白露，这屋子太冷了，你要冻着，我给你关上窗户。

陈白露　（执拗地）不，我不关！我不关！

潘月亭　好，好，好，不关就不关吧。你这孩子，我真没有办法。我对我的亲生女儿也没有这么体贴过。

陈白露　（回过头来）这有什么稀奇，我要是你的亲生女儿，你还会这么体贴我？你说是不是?

潘月亭　说得好，说得透彻。（恳求）可是你关上窗户吧，我要着……着……（张嘴翕鼻，要打喷嚏的样子）着……着……阿提（大声一个喷嚏）你，看，我已经着凉了。

陈白露　（忽从窗户回来）这个傻孩子，你怎么早不说?

潘月亭　（得意地）那么你可以关上窗户吧。

陈白露　（摇头）不，不，我给你多加衣服。来，你先坐下，你披上我的大衣，围上我的围巾，脚上盖着皮袍子，你再拿着我这个热水袋，你看，这不好了么?（弄得老头奇形怪状地堆在沙发上）我真喜欢你，你真像我的父亲，哦，我可怜的老爸爸！你尽在我这儿受委屈了。

潘月亭　（推开她）白露，（要立起来）我不要你叫我老爸爸。

陈白露　（推他跌在沙发里）我喜欢叫你是我的老爸爸，我要叫你是我的老爸爸。

潘月亭　（抗议地）我不老，你为什么叫我老爸爸。

陈白露　（一面笑，一面把头猫似地偎过来擦过去）我要叫，我偏要叫，老爸爸！老爸爸！

潘月亭　（反而高兴起来）你要叫，就随你叫吧，也好，叫吧！叫得好，叫得好。（眉开眼笑地）

陈白露　（忽然）月亭。你好好地坐着。（把他身上一堆衣服拢好，又塞一塞）你这样就像我的小 baby，我给你唱个摇篮歌吧。

潘月亭　（莫明其妙）摇篮歌？（摸着自己的斑白胡子）不，不好。

陈白露　那我给你念一段小说听，你听着。（拿起一本很精致的书）

潘月亭　（读着白露手里的书的名字）《日出》，不好，不好，这个名字第一个就不好。

陈白露　（撒娇）不好你也得听。

潘月亭　我不听，我不爱听。

陈白露　（又执拗起来）我要你听，我偏要你听！

潘月亭　（望着白露，满肚子委屈，叹一口气）唉，你念吧！我听，我听。

陈白露　（翻阅书本，念）"……太阳升起来了，黑暗留在后面。"

潘月亭　（欠伸）不通，不通，没有一点道理。

陈白露　（不理他，念下去）"……但是太阳不是我们的，我们要睡了。

潘月亭　（深深一个呵欠）也不通，不过后头这一句话还有点意思。

陈白露　（不耐烦地关上书）你真讨厌。你再这样多嘴，我就拿书……（正要举书打下去）

〔右边卧室内有个小巴儿狗汪汪着，夹杂着小东西惊号的声音。

潘月亭　你听，这是什么？

〔白露立起

〔忽然小东西由卧室拖着裤，提着鞋跑出来，巴儿狗仿佛就在她身后追赶。她惊慌地关上门，巴儿狗在门缝儿里吠着。

小东西　（喘着气，非常狼狈的样子。几乎跌倒）小姐……小姐！

陈白露　怎么?

小东西　它。……它在后面跟着我。它……它醒了。

陈白露　(失色)什么?谁?谁?

小东西　(惊喘)您的巴儿狗,您的巴儿狗醒了。(回头望)它咬我,它不叫我在屋里呆着。

陈白露　(定下心)你这孩子!我真怕他们从卧室进来啦!

潘月亭　你看多麻烦!

〔外面有敲门的声音。

小东西　小姐,有人敲门。

潘月亭　别是他们又回来了?

陈白露　(走近门)谁?

〔方达生推门进。

方达生　(穿着睡衣,拖着鞋)是我,竹均。

陈白露　(惊愕)你怎么不睡,又回来了!

方达生　这个地方太吵,睡不着。方才福升告诉我,说你刚认一个干女儿。

陈白露　干女儿?

方达生　嗯。

陈白露　(明白了)哦,(指小东西)在这儿!你看,好么?这就是我的干女儿。

方达生　(有兴味地)原来是这么一个小东西。

潘月亭　(从衣服堆里立起来,红红绿绿的围巾,大氅披满一身)喂,喂,白露,你们不要谈得这么高兴,这位先生是谁呀?

陈白露　(故做惊惶状)你不知道?让我介绍介绍,这是我的表哥。

潘月亭　(惊讶)表哥?

方达生　(这才发现还有一个男人在屋子里)怎么,竹均,这一会儿这屋子怎么又——

陈白露　(一本正经地)咦,你不认识,这是我的爸爸。

潘月亭　(愉快地)爸爸!

方达生　(惊愕地)爸爸?

潘月亭　（对白露，玩笑地）哦，是一家人！（忽然，指着窗户）可是快关……关……（张口翕鼻，手指指点点地）关……阿提！（喷嚏）你看这一次我真着凉了。

〔三人对视小东西，傻傻地立在那里。

——幕急落